CONTENTS

Lunetta

交際0日婚の御曹司ドクターは、私のことが好きすぎます！

お見合いで運命の人に出会いました

★

ルネッタブックス

第一章　失恋は花粉とともに

三月は学生にとっては卒業式シーズンだ。

青春をともにした学友たちとの別れの季節であるのと同時に、新たな世界に向けての旅立ちの季節でもある。

この公園も大学の近くにあるからか、色鮮やかな振り袖に袴姿《はかますがた》の女子大生や、ダークカラーのスーツに身を包んだ男子大学生がたむろしていた。

これから連れ立って飲み会にでも行くのだろう。すでにその表情からはしんみりした雰囲気が取り払われ、キャッキャウフフと笑い合っている。

「ねえねえ、あなたたち婚約したって本当？」

「ああ、秋に結婚するんだ。全員招待するからさ」

「わー！　いいなー！　楽しみにしてるー！」

昨日は雨が降っていたが、幸い今日は天候に恵まれ、空は青く小鳥の番が囀《さえず》りながら飛んでいる。

壕《ほり》に沿って等間隔に植えられた桜の蕾《つぼみ》も綻んでおり、春爛漫《はるらんまん》を前にして、夢と希望に溢《あふ》れた一枚

れば。

――並木道のベンチに腰掛けたその若い女性が、ティッシュで鼻を押さえつつ泣いてさえいなけの絵画のような光景だった。

「うっ……うっ……ううっ……」

年の頃は二十代前半。

肩までのフワフワと緩い天然パーマの掛かった、テラコッタ色の髪の女性だった。

丸顔に零《こぼ》れ落《お》ちそうな大きな瞳が印象的だ。鼻も口も丸くてちんまりしており可愛《かわい》らしい。

ただし、その可愛らしさは女性として魅力的だというよりは、親子連れが動物園のタヌキに向かって投げかける「可愛い」だった。

ブラウンのレザーブルゾンにオフホワイトのワンピースを身に纏《まと》っているだけに、色の組み合わせからしてますますタヌキっぽく見えてしまう。

タヌキ娘はズビビと鼻を啜《すす》りつつティッシュを手持ちのコンビニのビニール袋に入れた。

いくら一番小さいサイズの袋とはいえ、すでに一杯になっているので相当泣いたのだろう。

「うっ……涼太《りょうた》のバカあ……」

タヌキ娘は――杏樹《あんじゅ》はつい先日元彼となった涼太の顔を思い浮かべた。

杏樹の実家は瀬戸内海《せとないかい》を望む四国《しこく》のど田舎にある。

どれほど田舎なのかと言うと、瀬戸内海と、瀬戸内海と、瀬戸内海と、ミカン畑と、ミカン畑と、ミカン畑しかなかった。

杏樹はミカン農家のひとつに二人兄妹の妹として生まれ、仲の良い家族に囲まれて明るく伸び伸びと育った。

小学校も、中学校も、高校も、特に深く悩むこともなく村から一番近いところで済ませた。

同級生や仲良しの友だちのように田舎が嫌だ、いつか都会に行きたいと思ったことは特にない。おやつが毎度ミカンでも気にしなかったし、要するにマイペースで呑気《のんき》だった。

転機が訪れたのは高校に入学した直後のこと。

同じクラスに、ど田舎の高校にそぐわない、シュッとした少年が現れたのだ。

他の男子生徒となんの変哲もない同じ学ランも、その少年が着ると垢抜《あかぬ》けて見えるのだから不思議だった。落書きだらけの椅子に腰掛けるだけでさまになっていた。

今思えば惚《ほ》れた弱みなのだろうが。

その少年の名前が涼太だった。

涼太は東京で生まれ育ったが、両親が離婚したので、母方の実家に身を寄せることになったのだという。弱冠不幸な生い立ちも都会からやって来た少年にはピッタリだった。

そして、杏樹はちょうど思春期。恋に恋する年頃である。たちまち寂しげな横顔の涼太に恋に落ちてしまった。

その後、早い者勝ちだとばかりに猪突猛進《ちょとつもうしん》にアプローチ。押して、押して、押しまくり一年を掛けて見事涼太をゲットしたのである。まさに鯛《たい》を釣り上げた気分だった。

その後順調に仲睦《むつ》まじく交際し、互いの実家が近所だったこともあって、家族ぐるみの付き合いに。

そして、二年が過ぎた頃になって二度目の転機が訪れた。なんと涼太が東京に戻るのだという。

涼太はある夏の日の夕方、二人でよくデートしていた、瀬戸内海を臨むミカン畑の農道に杏樹を呼び出した。

『杏樹、ごめん。俺たち、離れ離れになるかもしれない』

『えっ!?　どうして!?』

『東京の大学に行きたいんだ。やっぱり就職に有利だから』

杏樹は涼太がミカン農家を継ぐとばかり思い込んでいた。涼太の実家で唯一の男だったからだ。だから、東京に戻りたがっていたのだとこの時初めて知った。

『そんな……！　嫌！　絶対に嫌よ！』

杏樹は涼太に抱き付き、その胸の中で呟《つぶや》いた。

『……私も東京に行く』

『えっ……』

『涼太について行く！』

背後ではクマゼミがやかましく鳴いていた。

涼太は東京の大学に入学するために努力を重ね、翌年、見事結果を出して私立のW大学に合格。

一方、杏樹も渋る両親を説得し、目を血走らせて勉強。家族、親族、知人、友人の予想を覆して都内の女子大に合格した。ド根性と涼太への恋心の勝利である。

二人の交際は東京でも順調で、その後互いに女子大、大学を卒業しても、就職しても続いていた。

杏樹はこのまま涼太と結婚するのだろうと漠然と感じていた。涼太もきっと同じ思いでいてくれるはずだと。

実際、二十三歳の誕生日にプロポーズされたのだ。

三ヶ月前の水族館デートの帰り道で、「そろそろ一緒に暮らそうか」と言われて驚いた。

ずっと同棲《どうせい》をする気はないと言われていたからだ。結婚してもいないのにひとつ屋根の下で暮らすなど、けじめをつけられない男のようだからと。

杏樹はその言葉を疑いもしていなかった。だから、こう問い返したのだ。

『えっ、それってどういう……』

『俺たち、もう六年も付き合っているだろう？　そろそろ結婚してもいいんじゃないかって思ってさ』

『本当にいいの？』

『ああ、祖母にも元気なうちに俺たちの晴れ姿を見せたいんだ』

涼太の母方の祖母は数年前に病気になって以来、伏せることが増え、心配なのだという。

杏樹は涼太宅によく遊びに行き、彼女に可愛がってもらっていたので、涼太の気持ちはよくわかった。

それに、「杏樹ちゃんにはこのまま涼太のお嫁さんになってほしいねえ」とも言われていたのだ。

杏樹は迷わず「うん！」と頷《うなず》いた。身も心も一瞬にして多幸感で満たされた。

『私も涼太と一緒に暮らしたい』

すでに互いの性格も、趣味も、生活スタイルも知り尽くしているのだ。きっとうまくいくに違いなかった。

――ところが、涼太はそれから一ヶ月経《た》っても具体的な話を進めようとはしなかった。

それどころか、電話を掛けても留守電ばかりで折り返してくれない。ＳＮＳのメッセージの返事もだんだんと遅くなる。

何があったのかと不安になってきた頃に、実家の母から涼太の祖母が亡くなったと聞かされた。持病が悪化し二週間前から入院していたのだが、残念ながら回復することはなかったと。

それなら仕方がなかった。身内が入院し、更に亡くなれば何かと忙しくなる。

だが、三ヶ月経っても連絡がないのはいくらなんでもおかしい。

正直、いくら呑気な杏樹でも、これほど音信不通が長くなれば、涼太が自然消滅を狙っているのではないかという気はしていた。

同時に、長年付き合った恋人を信じたい気持ちもあった。今までずっと誠実に向き合ってくれたのだから。

だから、文句も言わずに連絡を待っていたのだ。なのに、ついに昨夜最悪な形で決定打があった。

勤め先の整形外科クリニックからの帰り道でのこと。

いつもは自宅アパートの最寄り駅まで電車に乗り、近くのスーパーで買い物をして帰宅するのが定番コースだった。

だが、その日だけはふとした気紛《きまぐ》れで、ふたつ向こうの駅近くの繁華街に寄り道したのだ。

ファッションビル内の店で何着か春物のニットやスカートを買って、ホクホクしながら外に出たところで、出入り口近くで人待ち顔の涼太を見かけた。

なぜこんなところに涼太がいるのか。

不思議に思いながらも声を掛けようとしたその時、「涼太君！」と甘く鼻に掛かった声が聞こえたので目を見開いた。聞き覚えのある声だったからだ。

まさかと思いつつ身を隠し、その主を確かめて息を呑《の》む。やはり、女子大時代の友人の愛花《あいか》だった。

愛花とは同じ学科だったので仲良くなった。

いつまで経ってもどこか素朴な印象の杏樹に対し、愛花は頭から爪先まで気を遣うタイプで垢抜けて綺麗《きれい》だった。

杏樹はそんな愛花によくファッションやメイクについてダメ出しされていたものだ。アドバイスをしてくれるなんていい友だちを持ったと、付き合いも長くなっていたのだが——。

『どう、して……？』

杏樹は涼太の腕に手を回すとぴったりとくっついた。

『遅くなってごめんね。すごく可愛い服を見つけたの』

『俺は同じ服でも気にしないけどね』

『女は二日連続で同じ服を着るなんて有り得ないのよ』

イチャイチャする様子はどう見てもラブラブのカップルだった。

涼太は都内の中堅製薬会社でＭＲとして勤務しており、愛花はハウスメーカーで受付嬢として働いている。社会人生活で接触する機会はほぼないはずだった。

となると、二人を結び付けた接点はただひとつ。

以前一度だけデート中、愛花と鉢合わせたことがある。その時二人は杏樹が紹介したのち、互いに軽く会釈《えしやく》しあっただけに見えたが――。

『やっぱり私……？』

――思い掛けずに二人の裏切りを知った一週間後、つまり昨日、杏樹は涼太にＳＮＳでメッセージを送った。実家の父と兄から瀬戸内海で釣った魚が送られてきた。お裾分けしたいので一度会いたいと。

案の定返事がなかったので更にもう一通メッセージを送った。

二人に便乗して涼太の母からも一緒に野菜や料理が送られてきている。すぐに腐るものもあるので、宅配便では間に合わないかもしれない。なるべく早く会って渡したいと。するると、すぐに返事があった。さすがに母が関わると無視できなかったのだろう。家族ぐるみでの付き合いに感謝、感謝だった。

だが、やはり直に会うつもりはないらしい。「マンションの管理人に預けておいて」とだけ書かれていた。

自分には向き合う価値もなくなったのかと悲しくなったが、いずれにせよ涼太の母からの荷物だけは届けなければならない。

涼太の住むマンションに出向き、名前と部屋番号を告げて荷物を渡し、身を翻してその場に立《た》ち竦《すく》んだ。

ちょうど帰ってきたところだったのだろう。涼太と愛花に出くわしてしまったからだ。

おうちデートでもするつもりだったのか、そのままベッドに雪崩《なだれ》れ込むつもりなのか、いずれにせよ二人はやはり腕を組んでいた。

気まずさに揃《そろ》って黙り込んでしまう。約一分後、最初に口を開いたのは愛花だった。

『あ〜あ、バレちゃった。涼太君、だから言ったでしょ？　この子って鈍感だから、はっきり言わないとわからないって』

『いや、でもさ……』

涼太は頭を掻《か》いて目を逸らしていたが、やがて溜《た》め息を吐いて「そういうことだから」と告げた。

『そういうことって……』

『だから、もう別れようって』

『もう別れているでしょ』

愛花が突っ込む。

『結婚しているわけでもないんだから、一方の気持ちが冷めればそれで終わりよ』

恋はどちらかの思いが消えれば同じ——その一言が杏樹の胸を鋭く抉《えぐ》った。

『愛花は……いつから涼太と……』

『あなたにもう関係ないでしょ？』

愛花は腕を組んで微笑《ほほえ》んだ。

『というよりは、杏樹、あなた涼太君がもうあなたにも田舎にもうんざりしているって気付かなかったの？』

元々生まれも育ちも東京だった涼太は、単調な田舎暮らしにも田舎くさい杏樹にも飽き飽きしていた。

だから、大学進学を機に東京に戻り、元の都会暮らしを再開するはずだったのに、杏樹が無理矢理ついて来たので台無しになったのだと。

『涼太君、本当に可哀想だったわ。できるだけ円満に別れたかったのにね。相当悩んでいたのよ』

杏樹は納得できなかった。

『私……涼太が嫌なら、そう言ってくれれば、別れていたよ……』

初恋相手に振られて傷付きはしただろうが、相手の負担になりたくないと思うのが杏樹なのだ。

なぜ東京に戻ると打ち明けてくれたあの日に、そのまま振ってくれなかったのか。

愛花が大げさに溜め息を吐いた。

『本当に鈍感なのね。涼太君のお祖母《ばあ》ちゃんがあなたを気に入っていたからよ』

涼太の母方の祖母は二人が結婚するのを心待ちにしていた。祖母に世話になっていた涼太はそんな祖母の願いを無碍《むげ》にできなかったのだ。

だが、すでにその祖母も亡くなった。杏樹にも郷里にも縛られる必要はなくなったのだ。

愛花が芝居がかった涙声で訴える。

『いい加減涼太君を解放してあげて。彼も苦しんだのよ』

杏樹も大方の事情は理解できた。それでもまだわからないことがあった。

『涼太、どうしてずっと黙っているの』

『……』

『わざわざ会わなくたって、電話でも、メールでもいい。一言別れたいって言ってくれれば、私はそれだけでよかったのに』

『それは……』

涼太は俯《うつむ》いたまま答えない。

『……もういい』

杏樹は拳を握り締めた。二人の脇を通り過ぎる。

背後で涼太がほっと安堵《あんど》の溜め息を吐くのが聞こえた。


杏樹はその後居酒屋、ダイニングバー、ショットバー、酒のあるファミレスを梯子《はしご》し、徹夜で自棄酒《やけざけ》を呷《あお》りまくった。

しかし、四国には酒豪が多く、杏樹の実家の本多《ほんだ》家も両親兄ともに酒豪。

もちろん杏樹も酒豪どころかザルで、軽く酔いはしても、眠くもならなければ酔いで鬱憤を晴らすこともできなかった。

そして現在、この公園のベンチに腰掛け、昨夜の悲しさ、悔しさを思い出しておいおい泣いているというわけだ。

今日は幸か不幸か勤め先のクリニックの休診日だったので、朝九時から正午現在までの実に三時間涙を流し続けていた。

なのに、まだ泣けるので自分の水分保有量に慄《おのの》いてしまう。

「……そんなの、ひどいよ」

新たに引っ張り出したティッシュで目を覆う。

まさか、涼太はもう自分のことなどとっくの昔に好きではなくなっていて、ただ祖母のために付き合っていただけなのだとは思わなかった。結婚の話を出したのも祖母のためだけだったというのか。

「う……ぐすっ……」

前を通ったカップルの女性が「あれ」と首を傾《かし》げる。

「あの子、さっきもいなかった？　どうしたんだろう？」

どうやら公園をぐるりと回って戻ってきたらしい。

「なんか泣いているな」

「カワイソー。失恋したのかな」

——忌々しいことにバッチリ正解だった。

ヒソヒソ声だがしっかり杏樹の耳に届いている。ジロジロ見るんじゃないと叫び出したくなった。ここは村民全員が顔見知りのオラが村ではない。他人に無関心の東京砂漠であるはずなのに、いちいち気に掛けるんじゃない！　などと憤ったところで、隣のベンチから小さなくしゃみの音が聞こえたので目を向けた。

スーツを着た長身痩躯《ちょうしんそうく》の男性がやはりティッシュで鼻を押さえている。いつからいたのだろうか。泣いてばかりいたので覚えていない。

途端に恥ずかしくなって目と鼻を拭おうとする。だが、コンビニで買い込んだはずのティッシュはすべて空になっていた。

どうしようと慌てたところで、「よろしければどうぞ」と声を掛けられる。

「えっ……」

スーツの男性が席を立ってポケットティッシュをくれたのだ。

「あ、ありがとう、ございます……」

今時こんな親切な人がいたのかとまた泣けてくる。

男性は隣に腰を下ろし、「困った季節ですね」と溜め息を吐いた。

「僕も花粉症なので、この時期にはティッシュが欠かせません。内服薬もほとんど効かないんですよ」

「あっ……私は……」

花粉症というわけではないと説明しようとしてはっとする。

もしかしてこの男性はなぜ泣いているのかと心配してくれ、花粉症を口実にティッシュをくれようとしているのではないか。その証拠に、くしゃみも数度しただけだ。

そろそろと顔を上げる。次の瞬間、心臓がドキリと鳴った。

端整な横顔だった。整えられた髪は少々乱れているが、かえって男らしさを引き立てている。

くっきりとした眉の下にはやはりくっきりとした二重の切れ長の目がある。黒く凛《りん》としているだけではなく、深い知性が宿っているのがわかり、それだけでも惹《ひ》き付《つ》けられてしまった。

そして、やはり目は涙で潤んでいるわけでも、赤くなっているわけでもない。やはり花粉症ではないのだろう。赤の他人の自分に優しくしてくれるなど、今時珍しく気遣いのある男性だった。

男性を観察してもうひとつ気付いたことがあった。

シャープなラインの頬《ほお》から顎に掛けてうっすら無精ヒゲが生えている。剃《そ》る暇がなかったのだろうか。

「涙、止まりましたか？」

男性に尋ねられて「あっ、はい」と頷く。

「ど、どうも……。助かりました……」

「なら、よかった」

親切にしてくれた相手が思い掛けずイケメンだったからだろうか。それとも、隣に誰かいてくれるだけでも一人になった寂しさが紛れるのだろうか。

先ほどまでの裏切られて落ち込んでいた気持ちは大分収まっている。

もう一度礼を言おうと男性を見る。

「本当にありがとうございます」

「いえ、たいしたことは……ん？」

男性の懐がブルブルと震えている。バイブ設定にしていたスマホに着信があったのだろう。

「失礼します。はい、もしもし……えっ？」

男性はたちまち真剣な顔になって小さく頷いた。

「そうですか。すぐに向かいます」

電話を切りベンチから立ち上がる。

「急用ができまして……ああ、そうだ」

今度はポケットからハンカチを取り出し、杏樹に「どうぞ」と手渡した。

「ティッシュが足りないようなら……それでは」

「あっ……待って」

くださいと言い終える前に、男性は小走りに走って行ってしまい、杏樹の視界から姿を消した。

足が長いと足が速いのだろうか。

つい先ほどまでの出来事が夢のようだと思いつつ、手にしたハンカチを見下ろしぎょっとする。

「これ……ブランド物じゃ……」

自分が持っているものとは生地の質感がまるで違う。返さなければと思ったが、男性の氏素性《うじすじょう》など知るはずもない。

「どっ、どうしよう……」

何気なく持ち上げて、「あれ」と首を傾げる。嗅ぎ慣れた匂いがしたからだ。

「この匂い……」

グルタラール製剤の匂いだ。医療器具の消毒に使われる消毒剤で、あらゆる病院で使用されている。匂いが強いので衣類や布類に移りやすい。

「じゃあ、あの人は……」

医療関係者なのだろうか。

杏樹は整形外科クリニック、池上クリニックの医療事務員として勤務している。だから、その匂いには馴染《なじ》みがあったのだ。

＊＊＊

――涼太に失恋して二週間が過ぎた。

すっかり暖かくなり、春の気候で満開になった桜は散りかけている。

その頃になると失恋した直後の悲しみは大分消え、代わって胸の奥から悔しさがムカムカと込み上げてきた。

よく考えなくとも涼太の言い分も愛花の言い分も身勝手だ。

人を祖母孝行に使うなど冗談ではないし、自分の目を盗んで先に裏切っておきながら、なぜ被害者面ができるのか。なぜ偉そうに説教されなければならないのか。

杏樹はそのムカムカを女子大時代の友人に愚痴ることで晴らそうとした。自分が奢《おご》るから飲みに付き合ってくれと誘うと、友人二人はふたつ返事で快諾してくれた。

飲み会会場はいつもよく行くお手頃価格のビヤホール。

そこのテーブル席でジョッキのビールを呷り、シーザーサラダやソーセージ、ポテトを摘まみつつ今回の失恋を報告した。

「ええ～！　彼氏と別れちゃったの!?」

友人の一人、乃亜《のあ》が食事の手を止めて目を見開く。

「うん、そう。フラれちゃって……。長すぎる春だったのかな」

「あんなに仲良さそうだったのに？　私が男なら、杏樹が彼女だったら絶対に別れないのに」

「結衣《ゆい》ちゃ～ん、ありがとう～。どうして男に生まれてくれなかったの～」

「ごめんね～。来世は一緒になろうね～」

若い女三人の姦《かしま》しい話し声も、春に浮かれて酒に酔う他の客の声に掻《か》き消《け》されてしまう。それほど今日の広々としたビヤホールは混んでいた。

一通りの茶番のあとにまたビールを呷る。

結衣はそんな杏樹を見つめつつ首を傾げた。

「でも、本当どうして別れたの？　長い春って言っていたけど、マンネリ化したようには見えなかったけど……」

結衣とは数度それぞれの恋人を連れてダブルデートをしたことがある。最後のデートは半年前だったか。杏樹と涼太をよく知るだけに信じられないのだろう。

「う……ん。それが涼太に他に好きな子ができちゃって」

「……」

「……」

乃亜と結衣が顔を見合わせ、目配せし合う。おずおずと切り出したのは結衣の方だった。

「ねえ、その好きな子ってもしかして愛花？」

「えっ、どうしてわかったの!?」

「……やっぱり」

乃亜が大きな溜め息を吐いた。

「あの子、杏樹の他に友だちがいなかったでしょ」

「えっ、そうだったの!?」

「そう、いなかったんだよ。どうしてかわかる？」

ここまで示唆されてしまうと、いくら鈍感でもさすがに気付かざるを得ない。

「人の彼氏を取っていた……？」

「そう。私も取られたことあったの」

乃亜は女子大時代バイト先のダイニングバーで知り合い、数年付き合った大学生の恋人がいた。

ところが、その恋人を同じくバイト仲間だった愛花に取られたのだとか。

「最初はスマホをやたらと弄《いじ》るようになって、おかしいと思って問《と》い質《ただ》してみたら、愛花に相談されたんだって白状して……」

当然、乃亜は恋人と愛花の付き合いを渋った。その時点ですでに嫌な予感がしたからだ。

「それで彼も一旦は止めてくれたんだけど、すぐに元に戻っちゃって」

次第にデートをしている最中にもスマホを取り出すようになった。乃亜は自分と愛花、どちらが大事なのかと問いつめ、さすがに揉《も》めたのだという。

『だからさあ、俺たちはただの同僚なんだって』

乃亜の恋人は怒鳴るように訴えた。

『同僚ってそんなにしょっちゅう電話もSNSもしないでしょう⁉』

『あのなあ、あの子、まだ入ったばっかなんだよ。色々不安がっているのわかってやれよ』

バイトの先輩なら恋人以外にも数多くいた。バイトリーダーなどは「なんでも聞いてくれ」と常々呼び掛けていたほどだ。

なのに、なぜわざわざ彼を選んだのか。疑うなと言う方が無理だ。

『愛花ちゃん、美人だから女に嫉妬されがちだろ。だから、男の俺にしか相談できないんだと思うよ。向こうにだって彼氏いるんだし、心配するなって』

『美人って……』

つまり恋人もそう感じているということだ。

『あはは、嫉妬すんなよ。大丈夫だって。愛花ちゃんだって俺にお前がいるの承知だし』

当時は愛花にも恋人がいた。シフトで夜遅くなると、バイト先に迎えに来ていたので知っていた。

「だから、モヤモヤしたし嫌だったけど、じゃあ大丈夫かなって我慢したんだよね……」

その我慢が仇《あだ》になった。一ヶ月後、恋人の様子は更におかしくなった。

『愛花ちゃん、最近彼氏と喧嘩《けんか》したみたいなんだよな』

『えっ、そうなの？』

『落ち込んで見ていられなくて……。お前、気付かなかったのかよ？』

責めるような口調で問い質されて首を傾げる。愛花は元気がないどころか、朗らかに接客していたからだ。それどころか、客に気に入られてチップを渡されていた。

戸惑いながらもそう説明すると、恋人は苛立《いらだ》たしげに乃亜を睨《にら》み付《つ》けた。

『ああ、もう、お前も他の女と同類なのかよ。陰湿だよな』

直後に、恋人のスマホに電話が掛かってきた。

『ちょっと……』

『あっ、もしもし、愛花ちゃん？』

乃亜は恋人が自分の目の前で躊躇《ちゅうちょ》なく他の女からの電話に出て、そのまま話し続けていることにショックを受けた。

数分後、電話を切った恋人は真剣な眼差《まなざ》しで乃亜に告げた。

『愛花ちゃん、彼氏と別れたみたいで参っていてさ……。今俺が行かないと自殺するかもしれない』

『……』

あの女が自殺するようなタマかよ——乃亜はそう思ったが口に出さなかった。もう何を言っても無駄だとわかっていたからだ。

それに、簡単に愛花の手口に引っかかる恋人を見て、すでに気持ちが氷点下まで冷めてしまっていた。

『あっ、そう。わかった。じゃあ、行ってくれば？』

『……本当にごめん！　あの子が頼れる男は俺しかいないんだ！　……お前は強い女だから、俺がいなくたって大丈夫だよな』

恋人はそう謝ってその場をあとにした——。

——杏樹は乃亜の話を聞き終え、思わず我が身を抱き締めた。結衣も百物語の最中さながらに青ざめている。

「う、うわあ……」

古今東西で見受けられる典型的な相談女だ。

乃亜は当時の怒りを思い出したのか、ソーセージにフォークをグサリと突き刺した。

「しかもね、略奪して長続きするならよかったんだけど、元彼ともすぐに別れちゃって」

元彼は「俺は騙《だま》されたんだ！」と泣いて復縁を縋《すが》ってきたが、乃亜は冗談ではないと突っぱねた。

結果元彼はストーカー化し、通報されバイトを辞めたのだとか。

「すぐに振るならどうしてそんなこと……」

「多分、仲のいいカップルを男側から崩して、それで女としての価値に自信を持つタイプじゃないかな。二人の絆《きずな》が深ければ深いほどやりがいがある……ってそんなやりがい冗談じゃないけどね」

「……」

杏樹には理解したがい感覚だった。

「まあ、私の元彼も最初から最後まで被害者面で謝りもしなくて、どうしようもないヤツだってわかったから、その点だけは愛花に感謝かな」

結衣が「そうそう、私の他の友だちもやられた」と頷く。

「杏樹の場合、涼太さんって結構イケメンだったでしょ。年収も高いし」

「……」

中堅製薬会社のＭＲは給与が高い。二十代でも平均五百万円は行くと言われている。

だが、杏樹はそんなことはまったく気にしていなかった。涼太がバイトでもまったく構わなかったのだ。

「それも理由じゃないかな。でも、もっといい男を見つけたら、きっとまた乗り換えるんだろうね。一体いつまで続けるんだろうね」

「ぜ、全然気付かなかった……愛花がそんな子だったなんて……」

そういえば何度か乃亜から心配そうに、「あの子と付き合って大丈夫？」と聞かれたことがあった。

「その、彼氏と仲がいいなら、紹介しない方がいいよ」とも。あれはそういう意味だったのかと慄く。

乃亜は「……ごめんね」と謝った。

「私がもっとはっきり忠告しておけばよかったんだと思う。でも、杏樹とは本当に仲が良さそうに見えたの」

愛花も杏樹とならうまく付き合えるのかもしれないと感じたのだそうだ。

「人の悪口になっちゃうのもあって言い辛《づら》くて……」

「ううん、いいって」

杏樹は苦笑してメニューを手に取った。

「冷静になってよく考えてみると、私にも悪いところがあったし」

涼太には強引にアタックしただけではなく、東京にまでついていったのだ。確かにしつこくウザい女だっただろう。祖母への義理で付き合っていたらうんざりするのも仕方がないかもしれない。

メニューを目で追うのだが内容がちっとも頭に入ってこない。気が付くと誰にともなくぽつりと呟いていた。

「でも、振るなら涼太本人からちゃんと振ってほしかったなあ……」

「……杏樹」

結衣と乃亜は両側からがっしと杏樹の肩を抱いた。

「ひゃっ！　な、何⁉」

「大丈夫だって。杏樹なら絶対にいい男が現れるって！」

「そうそう。愛花なんかに揺るがない男！　だって、杏樹ってすごくいい子なんだもん」

もみくちゃにされ「やめてよ～」と笑う。

「でも、私の気持ちって重いみたいだからなあ」

恋をするとストーカー一歩手前の愛情を抱いてしまう。

「それが杏樹のいいところなんだけどね。……あっ、そうだ」

乃亜はテーブルの上のスマホを手に取った。

「じゃあ、いっそ恋愛はすっ飛ばして結婚に行けば？　結婚するなら愛情がちょっとくらい重くても問題ないじゃない」

「えっ!?　結婚!?」

「私たちももう二十三歳なんだから全然おかしくないよ。あのね、一年前私の職場の先輩が結婚したの。結婚相談所で出会った人みたい」

画面を「ほら」と見せてくれる。某結婚相談所のホームページが掲載されていた。

「気に入らなかったら断ればいいだけなんだし、一度登録してみたら？　その先輩の旦那さん、イケメンだし、高収入だし、優しいし、今すごく幸せみたいだよ」

「で、でもいきなり結婚なんて」

「杏樹！」

結衣と乃亜がずずいと迫られる。

「あんな女にしてやられて黙っているつもり!?」

「そうそう！　自分が幸せになることが一番の復讐《ふくしゅう》よ！」

「自分が幸せになることが一番の復讐……」

再び胸の奥から悔しさがムカムカ込み上げてくる。直後に、「生ビールお代わりお待たせしましたっ！」と、ジョッキがテーブルに三杯置かれた。

三人同時にぐっと取っ手を掴《つか》んでぐいと呷る。

杏樹はジョッキをテーブルに置くと唇をぐいと拭った。テラコッタ色の目がすっかり据わっている。

「……決めた。私、あの二人よりも先に、涼太よりもいい男と結婚してやる！」

「その意気、その意気！」

その夜、三人は久しぶりにビヤホール、居酒屋、ショットバーを梯子し、血液がすべてアルコールになるほどの勢いで飲みまくったのだった――。

第二章　婚活を開始したものの……

ここが結婚相談所「ゼット」――。

杏樹はゴクリと息を呑んでそのビルを見上げた。

数年前繁華街の一角に建てられたばかりなのでまだ新しい。ビルの中層部まではショップやカフェ、レストランが入っているからか、若者や買い物客が多く出入りしていた。

なお、例の相談所は高層部十七階に設けられているのだという。

何せ乃亜の先輩が結婚相手と出会い、見事成婚に持ち込んだという相談所だ。さぞや霊験あらたかに違いない。

「神様、仏様、結婚相談所様、どうか素敵な人と出会えますように……」

ナムナムと拝んでいざゆかんと足を踏み入れる。

ひとまず今日は無料カウンセリングを受けることになっている。

アポイントを取った時間にはまだ十五分ほどあったので、トイレの鏡で身だしなみをチェックした。

「髪型オッケー、ジャケットオッケー、スカートオッケー、メイクオッケー……」

服装は好きなものでいいと事前に聞かされていたが、相談員にもいい印象を持ってもらった方がいいはずだ。

だから、気張りはしないものの、いつもより二割増しで可愛いものを選んだ。

デニムジャケットにオフホワイトのニット、ベージュのフレアスカートのきれいめカジュアルだ。テラコッタカラーのふわふわのミディアムヘアは自然に流し、メイクはナチュラルだがちょっとだけ気合いを入れている。自分の顔のパーツで唯一気に入っている大きな目をアイシャドウで強調してみたのだ。

こうするといつもの丸顔もちょっとは可愛く見える……気がした。

「よ～し」

気合いを入れてエレベーターに乗り込む。

目的の相談所はブライダルを意識しているからか、白とスカイブルーを基調とした造りで、入り口前にはドレスとタキシードを身に纏った新郎新婦のマネキンが置かれていた。

プレッシャーを掛けられている気分になりつつも、受付にあった呼び出しベルを押すと、間もなくダークグレーのパンツスーツ姿の女性が現れた。

四十歳前後ほどだろうか。髪をきっちりとまとめており、ボブヘアで親しみやすい雰囲気だった。

「先日お電話した本多ですが……」

「本日はようこそいらっしゃいました。私、カウンセラーの野本《のもと》と申します。本多様を担当させていただきます」

「あっ、はい、こちらこそよろしくお願いします」

十二あるブースのひとつに案内される。すでに八室のドアが閉められていた。

こんなに結婚したい人がたくさんいるんだ……と感心するのと同時に、皆結婚相手を勝ち取るために戦っているのだと勇気付けられる。

野本はテーブルを挟んで向かいの席に腰を下ろすと、あらためて名刺を差し出して頭を下げた。

「ご成婚に向けてこれから二人三脚で行きましょう」

「は、はい！」

早速カウンセリングに入る。

「本多さんは清潔感があって、明るい笑顔が素敵ですね。それに、とてもお可愛らしい」

「えっ、ありがとうございます」

褒められると照れてしまう。涼太と愛花に裏切られ、罵られて以来、すっかり自信をなくしていたのでなおさら嬉《うれ》しかった。

「そうして素直にありがとうと言える点もいいですよ」

野本は愛想よく笑いながら手元の書類を捲《めく》った。事前にパソコンから送信しておいたカウンセリングシートのコピーだろう。

「二十三歳……。随分お早く婚活を始められるんですね」

「えっ、そうですか？」

「はい。二十代前半の方は女性でも比較的珍しくて。大体二十五歳から結婚を意識してという感じで」

女性の初婚年齢の中央値——すなわちボリュームゾーンは女性が二十七歳なのだとか。

なるほど、数年後に結婚したいと思うのなら、それくらいの年齢から動いておこうと意識するのだろう。

ということは、同年代の男性は少ないということか。

確かに男性の大半は二十代前半で結婚したいとは思わないのかもしれない。

「本多様は具体的に結婚を考えていらっしゃるようですね。まだお若いのにどうして結婚したいと思われたのですか？」

答えに詰まって押し黙ってしまう。

まさか、高校時代からの付き合いの元彼を追い掛け、瀬戸内海を臨む四国のど田舎から上京して就職。

最近ようやくプロポーズされたと思いきや、その一ヶ月後に元親友に略奪され、悔しくてたまらないからだとは言い辛かった。

「その、うちの両親が早婚だったんです。二人とも二十二歳で結婚して、一年後には兄が、五年後には私が生まれていて」

「ああ、なるほど、ご実家のイメージがそのまま結婚観になったんですか。きっとご両親の夫婦仲も家族仲も良かったんでしょう？」

「はい。ラブラブというよりは友だち夫婦って印象で、喧嘩しても翌日には仲直りしているみたいな」

「わかります、わかります。本多様は明るく楽しい家庭で育ったんだなって感じますから。とても話しやすいですし」

野本は時折褒め言葉を入れつつ話を進めてくれた。

「ご趣味があれば伺ってもよろしいですか？」

「釣りと料理です。小さい頃から父と兄と一緒によく海釣りに行っていました」

釣りだけではなく釣果の魚の捌《さば》き方も教えてもらったので、三枚下ろしも刺身にするのもお手の物だ。

また、時折実家に帰ると必ず、両親や実家を継いだ兄と魚料理を肴《さかな》に晩酌をしていた。

「趣味が同じじゃないと嫌ってわけじゃないです。ただ、理解してくれて合う人がいればいいなって……」

「本多様のお年ならまだまだ恋愛結婚も諦める年ではないと思うんですよ。なぜ交際ではなく結婚を考えたのでしょう？」

「それは……」

涼太と愛花に負けたくない。先に結婚したいという思いからだ。悔しさが原動力になっている。

「……」

情けなくなって落ち込んでしまう。

「本多様？　どうなさいました？」

「あっ、すみません。えーっと……私、恋愛ベタなんですよ」

これは嘘《うそ》ではない。

「つい一生懸命になっちゃって、相手が重くなるみたいで。だったら、最初から結婚を目指したお付き合いがいいなって思って」

「なるほど……。わかる気がします」

野本はテーブルに書類を置いた。

「若ければ若いほど人生の選択肢が多いでしょう？　だから迷いやすくてどこに行っていいのかわからなくて、それだけにこれだ！と感じると全力を傾けてしまう……」

わかりすぎるほどわかる感覚だった。

「でも、それを重いって表現するべきではないと思います。真剣なだけですよ。長所です」

「真剣なだけ……」

野本は身を乗り出して杏樹の目を覗《のぞ》き込《こ》んだ。

「本多様を受け止めてくださる男性は必ずいます。一緒に頑張りましょう」

こうして野本と二人三脚で婚活を頑張ることになったのだが――。


結婚相談所ゼットの成婚までの流れは以下のようなものだ。

まず、マイページに写真、プロフィール、お見合い相手へのメッセージを入力。

その後カウンセラーとともに今後の計画を立てる。どのような条件を求め、一ヶ月に何人に申し込み、どのタイミングで交際や結婚をするか決めるのだ。

計画が立ち次第、条件に合った男性のプロフィールが送られてくる。その男性に会ってみたいと思ったならお見合いを申し込めばいいと。

杏樹は当初希望する条件はと問われても、ピンと来ずに首を傾げるしかなかった。失恋した涼太は条件で選んだわけではなかったからだ。

「ええっと、同年代はそんなにいないと聞いたので、年齢は三歳上から三十代前半。年収は私と同じかちょっと上で……三百五万円くらい？」

なぜか野本は黙ったままだった。

「職業にこだわりはありません。身長は一七〇センチはほしいかな。でも、それより低くても問題あるわけじゃないし……」

そこでようやく重い口を開く。

「本多様、いけません。条件はもっと厳しくしてください」

「えっ、どうして……」

「そんなに緩く設定してしまうと、何万人もの該当者が出てきてしまいます」

「は、はあ……」

大きすぎて実感しにくい数字だった。

「それだけではございません。こんなことを申し上げてはなんですが、正直、退会された方がいいと思うような男性会員様もいらっしゃいます」

「ええっ」

一体どんな男性なのだとゴクリと息を呑む。

「その方から救いの女神だと思い込まれてお見合いを申し込まれ、会ったが最後大変な目に遭うかもしれませんよ」

大変な目とはどんな目なのかと聞きたかったが、なんとなく聞きづらく「わ、わかりました」と承知した。

野本もうんうんと頷く。

「本多様くらいお若いのでしたら、年収は五百万円でもいいと思います。身長も一七〇センチ以上とはっきり書いてください。それでも山ほど当てはまる男性会員様はいらっしゃいます」

「へ～、そんなものなんですか」

ふむふむとメモを取る。

「なお、義家族の方との同居は承知されますか？　共働きと専業主婦、いずれを希望されますか？」

「え、ええっと、同居はちょっと。やっぱり二人で家族を作っていきたいです」

質問に答えながら少々引いてしまう。

お見合いだから当然なのだろうが、とにかくすべてについて条件第一で、大型店舗にずらりと並べられた商品を選んでいる気分になったからだ。

また、自分もそのように選ばれるのかと思うと、なんとなく複雑な気分になってしまう。

だが、これが婚活なのだとぐっとその思いを呑《の》み込《こ》んだ。

「じゃあ、この条件でお願いします」

「かしこまりました。その、本多様ひとつ注意点が。当相談所は申し込み自体は誰にされても自由なんです」

「それじゃキリがないんじゃ……」

「そうなんですけど、いくら条件を決めたところで、やはりフィーリングというものもありますから」

確かに、いくらお見合いと言っても所詮男と女。互いに好意を抱かなければ結婚どころか交際に至るのも難しいだろう。

「本多様ほどお若い方ですと、恐らく死ぬほどたくさんお申し込みがあるかと……。最後の望みを掛けて特攻される男性会員様がいらっしゃるのです……」

「特攻？」

随分物騒な単語だったので慄く。

野本は意味ありげに頷いた。

「……すぐにわかります」

杏樹がその意味を理解したのは、それから数日後のこと。婚活を開始した初日のことだった。

野本の言葉とはこのことだったのかと慄く。なんと百人の男性から申し込みがあったのだ。

マイページのメッセージボックスを開いた途端頭がくらりとした。

四割は条件に該当する男性だったが、六割は何ひとつ当てはまっていなかったので仰天する。

三十代前半までと条件を提示しているのに、四十代、五十代、六十代、果ては七十代男性からの申し込み。夫婦どころかパパと子、お祖父《じい》ちゃんと孫の年の差だ。

なお、全員「年の割に若く見えます！　三十代に間違われます！」とアピールしていた。そんな馬鹿な話があるものかと突っ込んでしまう。

年収になると三百万円どころか百万のアルバイト、共働き希望と老母との同居希望、かつ介護希望のトリプルコンボの合わせ技などなど――。

げんなりしたのちすべてお断りのボタンをクリックする。

なお、当てはまる男性からの申し込みも四十人近くいたので、全員のプロフィールを確認するのに休日のまる一日かかった。

うち三人とのお見合いをセッティングしてもらうことに。全員、会員登録した年月日が最近だったのも決め手だった。

野本にこっそり教えてもらったのだが、何年も相談所に登録しっぱなしの男性は地雷が多いのだという。

スペック以前に人間性に問題がある。自分をさておいてとにかく相手に求めるものが多く、なかなか決まらないパターンが最多だとも。

確かに、そんな男性とは会いたくもない。

幸い、この三人とのお見合いの日程はトントン拍子に決まった。早速一人目と日曜日に会うことになったのだが——。


一人目のお見合い相手は大手ＩＴ企業に勤務する三十歳の佐藤《さとう》さん。

容姿は人並みで清潔感がちゃんとある。性格はおとなしく穏やかな男性……に見えた。杏樹はすぐにいい人そうだと好感を抱いた。

佐藤も同様だったらしく、二度目のデートを約束。そこで想像を絶するとんでもない目に遭った。

当日は横浜中華街でランチをする予定で、佐藤は車で迎えに来てくれた。ランチは楽しくいただくことができ、その後海沿いをドライブしようと誘われた。

恋人たちが「ははは、待て待て～」「捕まえてごらんなさ～い」と戯れる渚《なぎさ》を眺め、助手席の窓を少し開けて初夏の風を楽しむ。

すっかり気分が明るくなっていたので、「寄りたいところがあるんだ」と頼まれても、なんの疑いもなく「いいですよ」と答えた。

到着したところは真新しい二世帯住宅だった。

「さあ、降りて、降りて」

「……？」

狐《きつね》につままれた心境でその新居に案内される。玄関では七十代ほどの見知らぬ女性が待ち構えていた。

ファンタジー漫画の魔法使いが身に纏うような奇妙なローブ姿だった。しかも大きな眼鏡を掛け、化粧が異様に濃いので強烈な印象を与える。

「あ、あの、佐藤さん、この家は……この人は一体……」

「僕のママンさ」

その一言で一瞬にして全身が凍り付いた。

「まあまあ、貴志《たかし》ちゃんお帰りなさい！　この子が例の女ね？」

「うん、そうなんだ。ママンの占いの通りだったよ！」

ママンとは、占いとはどういうことなのか——脳裏を疑問がぐるぐると回る。同時に背筋からは絶え間なく冷や汗が流れ落ちた。

するとと佐藤が口にしてもいないのに懇切丁寧に説明してくれた。

「ママンは占い師なんだ。お見合い相手全員のプロフィールを見て、君の星回りが一番いいって選んでくれたんだよ！」

「……」

なんと、杏樹は星占いで選ばれていたのだ。それも佐藤自身にではなくそのママンに。

更に、この二世帯住宅はいずれ現れる佐藤の運命の花嫁……のためではなく、結婚してもママンと一緒に暮らせるようにと建てたのだとか。

「……わ、私、同居は不可って条件出していましたよね？」

ママンがクイと眼鏡を上げ、「新婚時代は私も邪魔しませんよ」とフフンと笑う。

「最近の子は本当に我が儘ね。まあ、一ヶ月くらいは許してあげるわよ」

「そんな。ママが邪魔だなんて！　杏樹、謝ってよ！」

「……」

すでに自分の所有物認定したのか呼び捨てだ。

この状況は一体なんなのだ——頭がクラクラする。もしや、ホラー映画の世界に転生したのかと頬をつねってしまった。

「いいのよ、貴志ちゃん。最近の若い女は堪《こら》え性《しょう》がないもの。その辺はしっかり躾《しつ》けてあげなくちゃね」

家風に合わせて女性を躾けるとは、今は明治か、大正か、それとも昭和初期なのか――。

「さあ、中に入りなさい。そうそう、お泊まりセットはなくても大丈夫よ。私が全部用意してあげたから」

「さすがママン！」

どうやら二人はこのまま家に泊まらせるつもりらしい。

冗談どころではなかった。何をされるかわかったものではない。

もはや真新しい二世帯住宅が黒雲に覆われた魔王城に見える。すでに心のＨＰはゼロに近かかったが、是が非でも脱出しなければならなかった。

「あ、あの、私、今日泊まるのは無理です。あ、明日仕事がありますし……」

「貴志ちゃんと結婚したら仕事なんて辞めるんだから構わないでしょ。そう、なんだったら私があなたの勤め先に退職するって電話してあげるわ！」

「け、結構です！」

とっくに我慢の限界を超えていた。

「ちょっと、杏樹、どこへ行くんだよ！」

「も、申し訳ございませんっ！　これ以上のお付き合いは無理ですっ！」

こんな狂ったマザコンに嫁ぐくらいなら、トラックに撥《は》ねられた方が一億倍マシだった。

実家のミカン農家の手伝いをして鍛えた体力で走りに走る。

間もなくバス停を見つけて時刻表を確認したのだが、次に来るのは三十分後で遅すぎる。

どうしようと焦っていると、背後から「おい！」と怒声が聞こえた。

「何逃げているんだよ！」

もちろん追ってきた佐藤だった。鬼の形相だったのでぎょっとし、震え上がって再び走り出す。

途中タクシーとすれ違い、立ち止まって手を振ったが、あいにく人が乗っている。しかし、なぜか停《と》まって杏樹を入れてくれた。

「あ、ありがとうございます……」

間もなくタクシーが発車し、溜め息をついて振り返ると、数百メートル離れたところで、佐藤が地団駄を踏んでいる。

スマホにはママンから着信が何件も入っていた。どうやら勝手に電話番号まで教えていたらしい。

もちろん、出る気は一切なかった。

「もう、有り得ない、有り得ない……」

ショックのあまりぶつぶつ呟き、やがてはっとして顔を上げた。助けてくれた男性に礼を言わねばならない。

「あっ、ありがとうございます。乗せてもらって……」

「いいえ、構いませんよ。追われていたのでしょう？」

重低音の耳馴染みのいい声にはっとする。

この声は――。

隣の席の男性と顔を見合わせ、互いに「あっ」と声を上げた。

「ハンカチのお兄さん！」

「泣いていた女性！」

偶然どころではない。東京都と神奈川県を合わせると約二千三百万人の人口がいるのだ。再び出会えたのは奇跡に近い確率だった。

「あの時はハンカチをありがとうございました」

「いいや、その後花粉症は大丈夫でしたか？」

あくまで花粉症の体《てい》を取ってくれるのがありがたかった。

「はい、おかげ様で……。お兄さんは今日はどうして横浜に？」

「僕は医師で今日は横浜で学会があるんです。また、実家が鎌倉にあるので前泊しておりまして」

やはり医療従事者――しかも医師だった。

ふと、勤務先の整形外科池上クリニックの院長の池上《いけがみ》も、何日か前「近々横浜で学会があるんだよねえ。出た方がいいだろうな」と呟いていたのを思い出す。この青年も整形外科医なのだろうかと思いつつ頭を下げた。

「そうだったんですか……。本当にありがとうございます」

「申し訳ございません。これから僕の都合でみなとみらい駅に向かうのですが、大丈夫でしょうか？」

「あっ、はい。そこから帰れるので大丈夫です」

ほうと溜め息を吐く。落ち着きを取り戻すと、悪夢のような体験にあらためて震え上がった。

あとで野本に連絡を入れ、佐藤にされたことを説明しなければならない。

まさか、あのような輩《やから》が紛れ込んでいるとは思わなかった。結婚相談所に登録した男性に偏見ができてしまいそうだ。

そもそも普段の生活で出会った異性と付き合えず、結婚相談所に頼らなければならないのだ。地雷の確率が高いのではないかとぞっとしたところで、タクシーはみなとみらい駅タクシー乗り場に到着した。

ハンカチの美青年がクレジットカードを取り出す。杏樹も慌てて財布を取り出した。

「あっ、私も半額払います」

「いいえ、このタクシーはもともと僕が乗っていましたし、あなたは最後の十分しか乗車していませんでしたから。それに、経費で精算できますからね」

知的かつ爽やかな笑顔を見せられると、それ以上何も言えなくなってしまう。

「あ、ありがとうございます……」

礼を述べてタクシーを降りる。

青年は最後にくるりと振り返り、「では、また」と軽く頭を下げた。「また」というのは社交辞令なのだろうが、魅力的な笑顔についドキリとしてしまう。

「は、はい……また」

青年は途中、何かに気付いたように立ち止まり、杏樹を視界に捉えて口を開いた。忘れ物でもしたのだろうか。

杏樹が首を傾げていると、「おうい」と第三の人物が割り込んでくる。こちらも学会に参加する医師らしい。スーツを着た上品な中年の男性が青年に声を掛け、「急がなくちゃ」とそのまま連れて行ってしまった。

青年が会場に向かう人込みに混じったところで、杏樹はまた名前を聞きそびれてしまったとはっとする。

だが、時すでに遅くその背はもうどこにも見えなかった。

アパートに帰宅してすぐ、杏樹は野本に今日あったことを報告。電話口でひたすら「申し訳ございません！」と謝罪される羽目になった。

「それで大変申し訳ないんですが、これ以上のお付き合いは……」

「もちろんです！　佐藤様にもそうお伝えしますので！」

ゼットの会員規約ではプロフィールに嘘の申告をした場合、あるいは交際中に本人の同意なくホテルや自宅に連れ込もうとした場合、ペナルティが課せられ繰り返されると退会処分になるのだという。

佐藤のしでかしは今回初とのことだった。

佐藤の今回初が杏樹初のお見合いと重なったのだからつくづく運が悪い。

杏樹は初動で躓《つまず》いただけにすっかり怯《おび》えて縮こまり、次回のお見合いに尻込みをしていたのだが、野本はこんな時だからこそと積極的に見合いを勧めた。

「あんな方ばかりではございません！　むしろほとんどの方は真面目に婚活をする、まともでしっかりした男性ばかりです！」

野本も成果を上げなければならないからか必死だった。

「じゃあ……」と気が進まないながらも頷いたのが運の尽き。

次こそはと気を取り直してお見合いに臨んだのだが、婚活の神に呪われてでもいるのか、さんざんな結果ばかりになった。

次のお相手は鈴木《すずき》さん。二十九歳の地銀勤めの青年だった。眼鏡を掛けていて真面目そうで、やはり杏樹はすぐに好感を抱いた。

しかし、そろそろ本格的に結婚前提にした交際かな……と思い始めた四度目のデートで、いきなり「今度、弁当を作ってこいよ」と頼まれると言うよりは命令された。

脳内の「ヤバい男アンテナ」がたちまちピンと立った。

「お、お弁当、ですか？」

「うん、そう。やっぱり女は料理を作れなきゃね」

「……」

弁当を作ること自体はたいしたことではない。だが、鈴木の「女は」という限定された表現が気になった。

「あ、あの、斉藤さんはお料理が好きではないんでしょうか？」

杏樹は結婚しても仕事を辞めたくはない。だから、相手には共働きで家事折半を希望していた。斉藤も共働きの女性を希望していたはずだ。

料理ができないなら掃除、洗濯を担当してもらえればよかったが、すでに鈴木には何ひとつ期待できない気がしていた。

鈴木は何を言っているんだという顔で腕を組んだ。バカにしきった目を杏樹に向ける。

「家事育児は女の仕事だろ？　まあ、共働きだからゴミ捨てくらいはしてやるけどさ」

この一言で杏樹は鈴木との交際を終了した。

鈴木はすっかり杏樹と結婚する気だったそうだ。「俺の何が悪かったのか」と野本にしつこく問い質してきたらしい。自覚のないモラハラ男だった。

「ほっ、本当に申し訳ございません……」

野本は平身低頭して謝ってくれたが、すでに杏樹の精神は疲弊しきっていた。

自分も褒められた人間ではないが、相手に一方的に負担を押し付ける気はない。婚活をする男性には地雷しかいないのかと人間不信になった。

それでも、諦めるわけにはいかなかった。なんとしてでも涼太と愛花よりも先に結婚し、幸せになりたい。

結婚相談所だけでは心許《こころもと》ないと、友人や勤め先のクリニックの池上院長、同僚にも紹介を頼んだ。ところが、皆快く引き受けてくれたはいいものの、紹介される男性がなぜか杏樹にとって地雷ばかり。

同僚の兄の友人の男性、高橋《たかはし》さん三十三歳はジムのインストラクター。レスリングで全国大会に出場したこともあるのだとか。

明るく、爽やかで、ついでに全身筋肉ムキムキ。男性には「いいやつ」と太鼓判を押されるタイプだった。

しかし、ひとつだけ問題があった。公私ともに体育会系だったのだ。

朝十五キロランニングするところから始まり、自宅マンションの面積の半分はダンベルやプレスベンチ、懸垂マシンで埋められている。

自分一人でやるならまだいいが、五度目のデートで「杏樹ちゃんはもっと鍛えるべきだ」とジムに誘われ、特訓された。結果、翌朝凄《すさ》まじい筋肉痛に見舞われ這《は》うようにして出勤。

次はマラソンデートにしようとメッセージが届いたところで、紹介してくれた友人に「これ以上のお付き合いはできない」と連絡した。

さすがに天に向かって嘆かずにはいられなかった。

「ふ、普通の、普通の男の人でいいのに……。婚活の神様！　私、何か悪いことをしましたか⁉」

普通の男性とはまさSSR級の幻の存在なのか——しかし、当然婚活の神から返事は返ってこなかった。

＊＊＊

この頃になるとさすがの杏樹も少々めげていた。

「やっぱり無理に婚活なんかしたのが間違っていたのかなあ……」

涼太と愛花に負けてたまるものかと、そんな邪な動機がよくなかったのかもしれない。

杏樹はまだ筋肉痛に痛む体を引《ひ》き摺《ず》りながら、勤め先の池上クリニックに向かった。

到着してすぐに制服に着替え、朝一番に来院予定の患者のカルテ一式を用意。続いてレントゲンの準備を始める。

途中、白衣の院長から声を掛けられたので振り返った。

「本多さん、おはよう。相変わらず早いねえ」

「あっ、おはようございます」

院長は池上利明《としあき》という名前だ。

眼鏡を掛けた知的な印象のイケオジで、白衣がよく似合っている。この池上整形外科クリニックを開業する前は、名門の帝都大学の整形外科で准教授を勤めていた。

今年五十六歳になったはずだ。

整った顔立ちなので一見クールに見えるが、本人もそれを自覚しているらしく、いつも笑みを浮かべて親しみやすく振る舞っている。

愛想だけではなく腕もいいので患者にも評判がよかった。なお、お姉様、お婆様、おば様方のファンが多い。

「お昼になったらちょっと話があるんだけどいいかな？　そうだ、久しぶりに一緒にランチなんてどうだろう」

「あっ、いいですね」

はて、話と一体なんだろうか——首を傾げつつ午前の勤務を終え、利明とともに最寄り駅の駅ビル内のトンカツ屋で食事を取った。

「えっ、お見合いですか？」

「ああ、本多さん、結婚相手を探していると言っていただろう。ぜひ紹介したい男性がいてね」

「……」

一口ヒレカツを箸でグサリと刺す。

「あ～……私結婚はもういいかなと思っていまして……」

涼太と愛花に見栄《みえ》を張るよりも、婚活で疲れ果てた自分のメンタルケアに励みたかった。

利明が「何を言っているんだい」と突っ込む
「君、まだ二十三歳だろう？　諦めることないじゃないか。私なんて結婚したのは四十代後半だよ」

利明の妻は二回り年下の美女だと聞いたことがある。

「それは先生がお医者様でお金持ちだからできたことで……私みたいなその辺の一般女子には無理ですう……」

「あのね、実は昨日頼まれたばかりなんだけどね」

利明は持参のビジネスバッグから封筒を取り出した。

「私の大学時代の教え子が結婚相手を探しているんだ。やっぱり整形外科医なんだけど、本多さんにどうかと思ってね」

「教え子って、まさかお医者様ですか？」

「ああ、そうだ」

今度はエンゲージリングの代わりにメスを手にしたマッドサイエンティストか、それともプライベートでもお医者さんごっこを好む変態医師か――。

杏樹はお見合いで地雷をいくつも踏んだせいで、サバンナの草食動物さながらにすっかり警戒心が強くなっていた。

「腕はもちろん、人柄も信頼できる男だよ」

三十二歳で現在帝都大学病院に勤務。将来は親族の経営する病院を任される予定なのだという。

それまでに結婚しておきたいそうだと。

聞けばその病院は杏樹も知る大手医療法人だった。

「えっ、なんだかすごい人ですね」

エリートどころかセレブに足を突っ込んでいるのではないか。しがない医療事務員に釣り合わない。

杏樹の疑問に利明は首を横に振った
「向こうはしっかりとした娘さんならそれでいいってね。君は従業員としても人間としても信用できる」

「あ、ありがとうございます……」

そんな風に思ってくれていたのかと照れ臭くなる。

「でも、そういう人って信頼できる人から紹介された相手とお見合いをするんじゃ……」

「うん、だから、このお見合いがそうなんだよ」

利明は封筒から何枚か書類を取り出した。

「あれ、写真がないな。どこかに忘れたかな。でも、なかなか男前の青年だよ。どうだい？」

もしその気があるならすぐにでも見合いをセッティングすると言う。

杏樹は男性の言う「いいヤツ」「イケメン」があてにならないことはもう知っていた。地雷ばかりのお見合いも懲り懲りで二度としたくはない。

しかし、勤め先のボスである利明に悪い印象を与えたくもなかった。

「わかりました。では、お願いしていいでしょうか」

利明の顔がぱっと輝く。

「よかった。君たちは相性がいい気がするんだよね」

「アハハ……」

もう鬼が出ようと蛇が出ようと驚かない。

それにと心の中でうんと頷く。もう結婚は半ば諦めている。だから、このお見合いは消化試合でしかない。

また、この桜川和馬《さくらがわかずま》さんとやらは条件がよすぎて自分とは釣り合わないし、向こうから断られる可能性の方がはるかに高い。

だから、気軽に臨めばいいのだと納得した。

「じゃあ、早速連絡しておくか」

利明がスマホを取り出し、SNSでメッセージを送る。それから一分も経たないうちに「おや」とわずかに目を見開いた。

「桜川君から返事があってね。直近だといつならいいかって」

「ええっ」

随分とスピーディかつ決断力のある人物だ。駆け引きや相手を待たせることを好まないのか。

だがまあ、杏樹としても面倒事はさっさと終わらせたい。

「今週の日曜日はどうでしょう」

なお、日曜日は明後日だった。

「日曜日ね。どれどれ」

利明が再びメッセージを送る。今度は三十秒後に返事があった。

「大丈夫だって。時間はいつ？」

「いつでもいいです。桜川さんの都合のいい時に」

こうしてトントン拍子にお見合いのセッティングが進んで行き、利明は最後に先ほど取り出した書類を杏樹に差し出した。

「ああ、そうだ。これ釣書ね。写真も用意できたらすぐに送るから」

——あいにく写真はお見合いまでに間に合わなかった。

だが、杏樹はどうせこのお見合いは成立しないのだからと、相手の容姿などまったく気にしていなかった。

もうじき婚活の日々も終わるかと思うと感慨深い。

杏樹は腕時計を見下ろし時刻を確認した。

今日の見合いは仲人のいない気軽なものだ。利明も「気楽にやってくればいいし、断っても全然問題ないからね」と言ってくれたのがありがたかった。

とはいえ、さすがに約束の時間三十分前は早かったかと肩を竦《すく》める。

とっとと終わらせたいという思いがそうさせたのだろうか。

先にラウンジに入って何か飲んでいようかとも思ったが、ここは明治創業の歴史と伝統、格式ある五つ星ホテル。

床に敷かれたモザイクを模した絨毯《じゅうたん》からロビーのビロード地張りのソファ、デザイナーズのテーブル、枯れ葉ひとつなく手入れされた観葉植物にいたるまで、一目見るだけで金が掛かっているとわかる。

ド庶民の自分がこの空間に存在してもいいのか——そんな不安に駆られるほどだった。

恐る恐る確認してみたところ、コーヒー一杯のお値段にも相当な格式があった。しがない医療事務員に一杯二千円は無理だと早々に諦める。

仕方がなく待ち合わせ場所のロビーのソファに腰を下ろし、その座り心地の良さに舌を巻きつつ、ぼんやりと小雨の降る窓の外の景色に目を向ける。

脳裏をこれまでの結婚相談所、知人友人に紹介されたお見合い相手の顔が次々と過っていく。

マザコンにモラハラ男、無駄に体育会系に——。

「ちょっ……走馬灯じゃないんだから縁起でもない！」

それにしても、ろくでもない思い出ばかりなのが悲しかった。

一週間前まで自分は男運が相当悪いのか。一生結婚できないのかと落ち込んでいたが、今はもう、ならばお一人様で生きていくための準備をせねばと開き直っている。

独身を覚悟した以上金が、一生できる仕事が必要である。そのためには現在の医療事務員では少々不安があった。

そこでまず看護師の資格を得るため、看護専門学校夜間学部への入学を目指すつもりだ。やはり医療分野で職を求めるのなら看護師だ。

バッグからスマホを取り出し自宅と勤務先周辺の看護学校を検索する。

すでに今日予定しているお見合いには、どうせ消化試合だからと期待してしない。それどころかもう終えた気分になっていた。

「う～ん、結構たくさんあるな」

口コミでの評判を調べようとしたところで、突然画面が切り替わり着信音が鳴り響く。

「えっ……」

今日のお見合い相手の整形外科医、桜川和馬からだった。

まだ待ち合わせの時間まで二十五分あるのにと、驚きつつも電話を取り「はい、もしもし」と応じた。

『もしもし、本多さんですか？』

低く艶のある声に心臓がドキリとする。耳に馴染んで聞き心地のいい声だった。そして、聞き覚えがある気がした。

「はい、そうです。もういらっしゃいました？」

『そうなんです。実は五分前に……。すでにロビーにいまして』

「えっ」

和馬曰《いわ》く、先ほど見合い写真で見た女性とそっくりな女性を見かけ、もしやと思って利明から教えられていた番号に電話を掛けてみたのだとか。

思わずスマホを持ったまま頭を下げる。

「申し訳ございません。私、気が付かなくて」

『いいえ、当然ですよ』

杏樹は慌てて立ち上がり辺りを見回した。

「どちらでしょう？　すぐに行きます」

『では、僕から――』

「――本多さん」と肩を叩《たた》かれたのはその直後のことだった。

思わず振り返って目を瞬かせる。スーツ姿の長身痩躯の男性が背後に立っていた。

同時にダークブラウンの瞳が杏樹を捉え、形のいい薄い唇の端が上がる。

「すぐ後ろのソファにいたんです」

「……」

一瞬、声が出なかった。

「え、ええー……!?」

驚きのあまりまじまじとその男性を見つめてしまう。

「ハンカチのお兄さん!?」

「やっぱりあの時の女性でしたか」

「どっ、どうしてこんなところに……」

まさかとの思いに目を瞬かせる。

「ええっ、お兄さんが桜川和馬さんなんですか!?」

二度あることは三度あると言うが、まさかお見合いで再会するとは。

男性の——和馬の光沢のあるくせのない黒髪は丁寧に整えられている。

キリリとした眉の下にある切れ長の目がもっとも印象的で、脂の乗った男にしかない大人の落ち着きと自信、意志の強さを湛《たた》えていた。

通った鼻と薄い唇からは教育と教養で裏打ちされた知性を、シャープな頬のラインとしっかりとした首、盛り上がった喉仏からは男性らしさと頼もしさを感じ取れる。

仕立てのいいネイビーカラーのジャケットに包まれた体躯《たいく》は、一見痩せて見えるが胸板はしっかりと厚い。

腕も長く大きく骨張った手の平から伸びた指も長い。左手首につけられたやはりネイビーカラーのフェイスの高級時計がよく似合っていた。

ズボンに包まれた足も長く腰の位置が高い。頭が小さいからかスタイルが際立ってよく見える。いや、実際にモデル並みだ。身長百八十五センチ前後はあるのではないか。

杏樹はしばし惚《ほう》けていたが「本多さん？」ともう一度呼ばれて我に返った。

「あ、アハハ……。偶然ってあるんですね」

和馬は目を細めて杏樹を見下ろした。

「僕も驚きました。こんなことがあるんですね。お見合い写真を見て驚きました」

随分と嬉しそうに見える。

「予約した時間には早いですが、満席でもなさそうなので入れるでしょう。行きましょうか」

さり気なくエスコートされてまたドキリとする。

高級ホテルなどの金のかかった場に慣れているのだろう。自然に周囲の景色に馴染みながら、それでいて存在感があった。

杏樹は和馬の隣を歩きながら、もっといい服を着てくればよかったと後悔した。

高級ホテルでのお見合いなので、一応手持ちで一番高価なオフホワイトのワンピースにしたが、和馬と釣り合っているとは思えない。

「……」

だが、すぐに釣り合ってなくてもいいかと開き直った。

何せ家柄、職業、年収、容姿、ありとあらゆる面で格差があり過ぎる。どうせ断られるに決まっているのだから。

こうなったらイケメンを堪能する——目的をそちらに切り替えようと頷く。消化試合のお見合いに相応《ふさわ》しいではないかと。

ラウンジの予約席は幸いもう空いており、和馬と杏樹はテーブルを挟み向かい合って腰を下ろした。

「このラウンジいい雰囲気ですね」

ロビーと同じくラグジュアリアスだが、居心地の良さを重視しているのだろう。

黒とベージュのストライプの椅子も、ライトブラウンの木製テーブルも、優しいオレンジ色のランプも、杏樹でもほっとできるリラックス感があった。

ウェイターがメニューを持ってきたので早速開く。

「えーっと、コーヒーと……」

ケーキのセットにも惹《ひ》かれたが三千円近くになってしまう。

どうしようと迷っていると、和馬が「よし」と頷いた。

「決まりましたか？」

「あっ、はい。コーヒーで」

「僕はコーヒーとケーキにします。セットがあるようなので」

「えっ」

まじまじと目の前の一見クールな大人の男を見つめてしまった。なんとなく甘いものより酒、それもウイスキーなどの渋いチョイスをしそうに見えたからだ。

和馬は照れ臭そうに微笑んだ。

「甘い物も好物なんです」

また、昨日は夜勤の上、食事を取る暇もなかったので、糖分に飢えているのだという。

「お客様、お決まりでしょうか」

和馬は早速やって来たウェイターに「僕はペストリーセットを」と頼んだ。

「飲み物はコーヒーで。今日はどんなケーキがありますか？」

「少々お待ちください」

ウェイターは一旦引っ込み、間もなく盆を片手にまた現れた。

「本日はアップルパイ、モンブラン、オペラ、マスカットのショートケーキです」

「うっ」

どのケーキも大好きなので思わず呻《うめ》く。

脳裏で三千円の値段がグルグル回ったが、ええい、ままよ！　と清水の舞台から飛び降りた。

消化試合のお見合いなのだから、いっそケーキも消化してしまえと開き直ったのだ。

「私もペストリーセットにします！」

和馬がおっと杏樹に目を向ける。

「何にしますか？」

「どれも好きだから迷っちゃう。ショートケーキもいいんだけど……」

「……オペラも捨てがたい」

「ほんとそう。コーヒーとチョコレートとクリームのマリアージュがたまらなくて」

思わず顔を見合わせる。

「桜川さんもショートケーキとオペラで迷っているんですか？」

「ええ」

「……」

同時にぷっと吹き出してしまった。

「ケーキの好みは同じようですね」

「は、はい、そうみたいです」

和馬は「じゃあ、こうしませんか？」と素敵な提案をしてくれた。

「僕はオペラを注文します。本多さんはショートケーキで、シェアしませんか？」

「はい、そうしましょう！」

気取らない人なんだなと好感を抱き、いやいや、これは消化試合のお見合いなのだと否定する。

和馬はメニューをウェイターに返し、「あらためまして」と軽く頭を下げた。

「桜川和馬と申します。池上先生からお聞きでしょうが、都内の帝都大学病院で整形外科医をしております」

「あっ……私は本多杏樹です。池上先生のクリニックで医療事務を担当しています。やっぱりお医者様だったんですね」

「僕も本多さんは医療関係者だと思っていました。グルタラールの匂いがしましたから」

なんと、杏樹が考えていたことと同じ根拠から推理していた。

「学会には間に合いましたか？」

「はい。本多さんはあのあと大丈夫でしたか？　男に追われていたでしょう」

「あっ、はい。なんとか逃げられまして……」

タクシー代まで出してもらっているのだ。やはり当時の状況を説明する必要があるだろう。

「恥ずかしながら、あの男の人はお見合い相手だったんです」

切れ長の目がわずかに見開かれる。

「いい感じの人だなと思っていたんですが、自宅に引きずり込まれそうになって、さすがにないわーって逃げたんですけど」

「……そうだったんですか。大変でしたね。そんな男がいるのか……」

和馬が一瞬無表情になる。その無表情がなぜか激しく怖かった。

「あ、あの、桜川さん？」

「ああ、失礼。お見合い相手に不埒《ふらち》な真似《まね》を働くとは信じられませんね」

「滅多《めった》にないことだとは思うんですが……」

その滅多にない経験をしてしまったのが悲しかった。

苦笑する間にペストリーセットが届く。

「まあ、とにかくケーキを食べましょうか」

「そうですね」

ショートケーキを半分にし、うちひとつを更に切り取って口に入れる。

「……！」

口の中で生クリームがふわりと蕩《とろ》ける。生地に染み込んだシロップと合わさると絶妙の甘さになった。

「おっいし～……」

「……これは美味《うま》い」

同時にそう呟き顔を見合わせる。次の瞬間、やはり同じタイミングで噴き出した。互いに「どうぞ」と皿を差し出す。

「オペラも美味《おい》しいんですね」

「ええ。ほろ苦さと奥にある甘さの組み合わせがたまりません」

なぜだろう。他愛《たあい》ない会話なのにひどく楽しい。

和馬は今までのお見合い相手とはまったく違っていた。

「桜川さんの実家は鎌倉《かまくら》なんですね」

「はい。いつもは都内のマンションで一人暮らしをしているんですが、釣りに出掛ける日には実家に泊まり込むんです」

「えっ、桜川さん、釣りが趣味なんですか？」

「投げ釣りも、磯《いそ》釣りも、堤防《ていぼう》釣りもします。たまの休みには船に乗ることも……。ああ、申し訳ない。釣りのことになるとつい語ってしまって」

「構いません！」

興奮してずずいと身を乗り出す。

「私も釣り、大好きです！　実家の目の前に瀬戸内海があって、父や兄としょっちゅう釣っていました」

「同じ趣味だったんですか」

桜川はまじまじと杏樹を見つめた。

「釣り場には女性も増えてきましたが、まさか本多さんも釣りをするとは」

「最近忙しくて行ってなかったんですけど、近いうちに再開するつもりです」

釣りには魚を釣り上げる喜びはもちろん、朝、夕方、夜と表情を変える海を眺める楽しみもある。

「上京して太平洋も大好きになりました。海に映った日の光がキラキラ宝石みたいに光って綺麗で」

「僕もあの光は好きですね。落ち込むことがあっても、目が吸い寄せられて、気が付くと立ち直っています」

「わかります！」

杏樹もとんでもないお見合い相手にぶち当たるたびに、スマホで撮影した故郷の瀬戸内海の写真を見て心慰めていたものだ。

「また今度釣りに行こうと思っているんですよ。無事休みが取れればの話になりますが」

会話のタイミングはピッタリで、更に趣味も同じとなると話も弾む。

楽しい時間はあっという間に過ぎて、気が付くと午後五時近くになっていた。

和馬が時計に目を落とす。

「そろそろ五時ですか……。本多さん、このあとご予定は……」

「いえ、全然」

正直に答えて悲しくなってしまう。独り身とはかくも寂しいものなのだ。

すると和馬の薄い唇の端が綻んだ。

「そうか、よかった。なら、夕食はいかがでしょう？　近くにいい店を知っているんです」

和馬の馴染みの江戸前寿司屋なのだとか。

「えっ、でも……」

医師が行く店なのだからお値段も高いに違いない。

だが、和馬ともっと話してみたいという気持ちが勝った。

「はい、ぜひ!」


和馬の馴染みの寿司屋はお見合いをしたホテルの大通りから三本右の裏通りにあった。

二階建てで、コンクリートの壁に木の扉の和モダンな造りだ。外装だけだと寿司屋というよりは和カフェに見える。

和馬にエスコートされ足を踏み入れ息を呑む。カウンターが八席に四人掛けのテーブル席がふたつしかない。二階は宴会会場で予約必須なのだとか。

席の少なさとこの立地で利益を上げるには、一貫おいくら万円になるのかと慄いてしまう。

杏樹御用達《ごようたし》の回転寿司屋のようにメニューがないところも恐ろしかった。つまり、すべては時価ということなのだろう。

まだ五時だがすでに客が二人カウンター席に入っている。どこかで見た顔だと首を傾げてあっとなった。

バラエティ番組の司会で活躍している人気タレントだ。久々のオフなのか友人らしき男性客と談笑している。

客の顔ぶれからしても高級店なのだと思い知り、カウンター席に案内される足の動きが緊張でカクカクしてしまった。

「おや、桜川先生じゃないですか」

「大将、お久しぶりです」

隣席の桜川はこの店の常連客らしい。還暦前後の大将と笑い合った。

「今日は可愛いお嬢さんをお連れですね」

「はい。ちょっと見栄を張りたいので、美味いものを握ってください」

「そういうことでしたらぜひお任せください」

鮨ネタや小料理はお任せになるらしい。ますます値段が気になった。ひとまずそろそろと手を拭く。

「飲み物は何になさいますか？」

気を遣ったのか大将が声を掛けてくれる。

「ええっと、あの……」

高級寿司店の作法がわからず戸惑ってしまう。

大将が「決まりなんて気にせず、なんでもいいんですよ」と笑った。

「お茶でも、ビールでも、日本酒でも、焼酎でも、ウイスキーでも。自分に合った飲み物で美味しく食べられるのが一番です。もちろん、アルコールが無理ならノンアルコールドリンクやジュース類もありますよ」

ようやくほっとして「じゃあ、日本酒で！」と頷く。

「おや、お嬢さんは日本酒が行ける口ですか」

「はい。もし、四国のお酒があればよろしくお願いします」

「ということは、いけるどころかザルですか？」

「そうなんです！　実家じゃ一升瓶なんてすぐカラになっちゃうんです」

「それはいい血筋だ」

和馬はその間微笑みながら大将とのやりとりを眺めていたが、途中「僕も彼女と同じものを」と頼んだ。

「アルコールが大丈夫だと聞いてほっとしました」

「桜川さんもお酒好きですか？」

「ええ。大体なんでも好きですが、最近は泡盛《あわもり》などに挑戦中です」

「あっ、私もです」

昨年、友人の結衣、乃亜と沖縄旅行に行き、そこで沖縄料理と泡盛にハマってしまった。最近は近所の酒屋でちょくちょく手頃なものを買って自宅で飲むようになっている。

「いけない飲み方だとは思うんですけど、あの強さがクセになるんですよね」

「わかります」

「仕事で嫌なことがあっても一杯飲むとすぐに忘れられて、天国……ニライカナイに行った気分になります」

ニライカナイという単語で和馬が初めて顔を上げて笑った。

「あれは泡盛でしかできない体験ですね」

大将もここで合いの手を入れた。

「もちろん、泡盛も置いていますよ」

「「あっ、じゃあ、日本酒の次にお願いします」」

同時に答えたので思わず顔を見合わせる。息ピッタリだと感じたのはこれで何度目だろうか。

大将が「仲がいいですね」と笑う。

「またお二人でいらしてください」

杏樹がそれはまだ決まっては……と躊躇する一方で、和馬は迷いなく「はい、ぜひ」と頷いた。

「えっ……」

杏樹が思わずその端整な横顔に目を向けたところで、まず軽く冷えた日本酒が、一口飲んだタイミングで一皿目がカウンターに置かれる。

萩焼《はぎやき》風の長方形の黒い皿の上に、真珠のように鈍く光る白身魚の握りが鎮座していた。

「黒鯛《くろだい》です」

「わっ、美味《お》しそう」

早速一口でパクリと食べて更に酒を飲んだ。

「う～ん、甘くて美味しい。蕩けるみたい」

「うん、美味い。身が熟れているな」

「私、この磯魚《いそうお》の香りが好きなんです。海を食べているって気がして」

和馬の目がふと和らいだ。

「面白い表現ですね」

「私、瀬戸内海の潮の香りを毎日嗅いで育ったんです。こういう香りって元気になります」

その後も話も箸も酒も進み、気が付くと何杯飲んでいただろうか。

いつもの杏樹ならこの程度で酔いはしない。

だが、和馬と一緒に飲むとすべてが美味しいだけではない。それこそニライカナイにいるように楽しく、同時に高揚し、アルコールの回りが早くなった。

だから、和馬と大将の次の会話を聞き逃していた。

「大将、お勘定お願いします」

「はい、ありがとうございます。いい食べっぷりでしたねえ。若い人がパクパク食べているのを見ると気持ちよくなりますよ」

「ええ、僕もこんなに楽しい食事は久しぶりで」

大将は声を潜めて「彼女さんですか?」と尋ねた。

「いいえ。ですが、近い将来同じ姓になってもらおうかと」

「……！　それは、それは、男を見せなくちゃなりませんね」

杏樹は和馬に「行きましょう」と促されて店を出た。

酒と会話を交えながらだったからだろうか。ふと腕時計に目を落とすと夜八時近くになっていた。

「楽しいと時間が経つのが早い……って、ああっ！」

和馬はたった今財布を懐にしまったところだった。

「桜川さん、お勘定いくらでしたか？　半額出します」

「いいんですよ。ここは僕が」

「でも、高そうだったし……」

「じゃあ、こうしましょう」

和馬は微笑みながら人差し指を立てた。

「近くにお勧めのショットバーがあるんです。フルーツを使ったカクテルが美味しいんですよ。そこで一杯奢ってください」

スマートな回答に目をぱちくりとさせる。

「二次会ですか？」

「そう、二次会です。どうでしょう？」

まだ和馬と一緒にいられるのかと思うと、杏樹はすっかり嬉しくなって頷いた。

「もちろん、喜んで！」

——和馬は杏樹と同じく好き嫌いがない美味い物好きで、甘味《かんみ》もアルコールもオッケー。しかも、アルコールについてはザル以上だった。

「いや～、桜川さん、すごいです～。私より強い人って初めて見たかも～……」

ショットバーでは二人でお勧めのカクテルを次々と呷《あお》った。なのに、和馬は少しも崩れた様子がなく前髪の一筋も乱れていない。

「学生時代は徹夜で飲んでいましたね。さすがにあの頃の体力はもうないかな」

「ええ～、うっそだ～。こんなにピンピンしているじゃないですか～」

一方の杏樹はほろ酔い状態で頬も体も火照っている。

「大丈夫ですか？」

足下が危うく見えたのか和馬がエスコートしてくれた。

「大丈夫ですって～っ。一人で歩けますよ～」

ふと和馬が立ち止まり杏樹を見下ろす。

「一人で歩けるかもしれませんが、どうか僕に支えさせてくれませんか」

その一言にドキリとした。

「え、えっと……」

黒い瞳が杏樹だけを映している。まるで恋する人を見つめるかのようなその眼差しに、アルコールのせいだけではなく心臓が高鳴った。

「……じゃ、じゃあ、お願いします」

恐る恐る差し伸べられた和馬の手を取る。

大きく骨張った手と絡められた節のある長い指にドキリとした。自分の人生をしっかりと生きる大人の男の手だった。

男性に守られるのは初めてかもしれない。涼太とは同年代だったからか、どちらかが一方的に甘えると言うことはなかった。

――女性として大事にされるということは、これほどときめくものなのか。

もうとっくに気付いていたが、あらためて自分の気持ちを自覚する。つまり、たった三度会っただけで、そして今日話しただけで、和馬に恋に落ちてしまったのだ。もう一度会いたいと心が叫んでいる。

だが、自分から誘って「考えさせて」だの、「お返事は池上先生を通して」だのと、遠回しに断られるのが怖い。

涼太にアタックした時には欠片《かけら》の躊躇もなかったのに、失恋やお見合いの失敗の連続で臆病になっているのか。それとも――。

もうすぐ最寄り駅に着いてしまう。それまでに何か言わなければと焦る。

「あ、あの、桜川さん」

不意に和馬が立ち止まる。恐る恐る顔を上げ、黒い瞳に見つめられまた心臓が高鳴った。

「——本多さん」

和馬もザルのはずだが酔っているのだろうか。暗がりなのでわかりにくいが、ほんのり頬が赤くなっている気がする。

「……不思議ですね。あれだけ長く二人でいたのに、まだ足りない」

同じ思いなのだと知って喜びが胸の奥から込み上げてくる。

「わ、私もです」

次の約束をしてまた会えばいいのいではなく、今この時をともに過ごしたい——そんな思いで和馬に取られた手に力を込める。

「明日の朝まであなたと一緒がいい」

和馬もすぐに握り返してくれた。


カーテンの向こうで色とりどりのネオンやビルの灯《あか》り、街灯の光が瞬いている。

この部屋はホテルの高層階にあるので、見下ろせばうっとりするほど美しい、都心の夜景を眺められるだろう。

だが、今は夜景よりも和馬に触れたかった。

シャワーを浴びるのももどかしく、部屋に入るなりベッドに雪崩《なだれ》れ込む。

五つ星ホテルだけあり、室内はモダンで洗練されている。

家具は窓際の椅子、テーブル、ベッドとも同シリーズでダークブラウンに統一され、壁はオフホワイト、フロアには現代風にアレンジした波模様の絨毯が敷かれていた。

もちろん、杏樹は五つ星ホテルに泊まるなど初めての経験だ。

通常時ならさぞかしはしゃいでスマホで撮影しまくり、ベッドに飛び込むなり、カーテンを開け放つなりしていただろう。

だが、今は和馬以外目に入らなかった。ぼんやりとしたルームランプしか灯りがない中でも、その端整な顔だけははっきりと見えた。

「本多さん……」

和馬が上着を脱ぎ捨て、ネクタイを解いた。

「あ、あの……」

ずっと本多さんもなんなので、おずおずと口を開く。

「杏樹、って呼んでくれませんか」

切れ長の目がわずかに見開かれる。

「その、やっぱり名前がよくて……」

「……じゃあ、杏樹」

甘く掠《かす》れた声でそう呼ばれると、胸がきゅんとしてそれだけで体温が上がった。

「杏樹って可愛い名前だよな」

和馬はそう呟きながら杏樹の体を反転させ、ファスナーを下ろしてワンピースを脱がせた。

丁寧語がいつしか砕けたものになっている。いつもはこうなのだろうか。それともベッドの中だけか――。

「はい、自分でも気に入っていて……」

続いてスリップを頭から引き抜かれる。和馬の指がブラジャーのホックに掛かり、器用に外すのを感じた時には心臓が破裂しそうになった。

「どんな由来？」

「え、えーっと、笑える話になっちゃうんですけど……」

杏樹の実家はミカン農家だ。

「だから、本当は蜜柑《みかん》ってつけたかったらしいんですよ。でも、ミカン農家の娘が蜜柑じゃそのまんま過ぎるだろうってなって……」

なら、他の果物の名前にしようということになり、同じ柑橘類《かんきつるい》の柚子《ゆず》、縁起のいい果物だとされる桃、響きが可愛いからと杏樹が候補に挙げられた。

しかし、考えることは皆同じ。村内にすでに柚子と桃と名付けられた娘がいたため、なら、ひとつだけ残った杏樹にしようとなったのだ。

「でも、自分じゃ結構気に入っているんです」

和馬がこれから呼んでくれればもっと好きになれそうだった。

「桜川さんはどうして和馬って名前になったんですか？」

「父の命名なんだけど、尊敬する恩師が蒼馬《そうま》って名前だそうなんだ。そこから一字もらって和馬になった」

「へえ……」

聞かせてもらってなんとなく嬉しくなる。

「桜川さんによく似合っていると思います」

和馬がふと甘く微笑んで人差し指を杏樹の唇に当てた。

「今から桜川は禁止。杏樹も和馬って呼んでくれ」

「えっ……」

「ほら、呼んで」

耳元で囁《ささや》かれると首筋がゾクゾクする。

「か、和馬さん……」

禁断の呪文を口にした気分になった。

「うん、よくできました」

言葉とともにショーツがずり下ろされ、体を仰向《あおむ》けにされる。黒い瞳が体の線をなぞっているのを感じる。

胸の膨らみや腰の丸み、人より少々ふっくらした腿《もも》、足の爪先まで——。愛撫《あいぶ》されたように感じてしまう。

「あっ……」

思わず右胸で胸を、左腕で下半身を隠す。

「どうして隠すの？」

「え、えっと……最近ちょっと太っちゃって」

婚活疲れをアルコールと美味しいもので解消しようとしたのだ。

「俺はこれくらいの方がいいけどな」

俺という一人称に目を瞬かせる。ずっと「僕」だったので新鮮に思い、同時に和馬の雰囲気が野性味を帯びた気がした。

「特に、この足がすごく好み」

自分では太いと気にしていた腿を擦られ、「ひゃんっ」と妙な声を上げてしまう。その拍子に手を胸と下半身からはずしてしまった。

「ほ、本当に……？」

「ああ、本当だ」

和馬がワイシャツを脱ぎ捨てる。

意外とがっしりとした肩と長い腕、広く逞《たくま》しい胸に目を奪われた。

「着痩せして見えるんですね」

「それは君もだろう」

大きな手がそっと頬に添えられる。アルコールのせいか燃えるように熱く感じた。

その手がゆっくりと杏樹の肌を温めるように擦る。

頬から首筋、首筋から胸、胸から腹、腹から腿へ行くと、その手がまた胸へと戻っていく。

「あっ……」

右の乳房を覆われると肩がピクリとした。

和馬は熟した桃を思わせる張りのある乳房を、指に力を込めてゆっくりと揉《も》み込《こ》んだ。

「あ……ん」

手の平でピンとたった頂《いただき》を潰され身悶《みもだ》える。腹の奥が切なく疼《うず》いて熱を持った。

「胸揉まれるの、結構好き？」

「う……ん」

杏樹はこくりと頷いた。だが、この行為そのものが好きなのかと問われると違う。

「和馬さんだから……好き」

切れ長の目がわずかに見開かれる。

「……クソッ、可愛いな」

誰かに可愛いと言われたのは久しぶりで、嬉しくなってつい「もっと」とねだってしまった。

「もっと……可愛いって言って？」

「……可愛いよ」

重低音の声が耳を擽《くすぐ》る。

「世界一だ」

次の瞬間、端整な顔立ちが間近になったかと思うと、熱く乾いた何かが杏樹の唇を塞いだ。

「ん……ん」

胸を刺激されながら、舌先で歯茎をなぞられ、口内を舐《な》め回《まわ》されて舌を絡め取られる。

「……ん」

杏樹も和馬に応えて舌を動かした。

体を重ねるのはこれが初めてなのに、不思議とタイミングがわかる。和馬がどうしたいのか、どう応じるべきなのか。自分たちの共通点は医療関係者である——それだけなのに。

それでも、時折ちゅっと唾液ごと吸い上げられると、不意打ちに背筋がゾクゾクとし、対照的に脳髄と腹の奥は熱く溶けた。

和馬はその間にも火照った両の乳房を交互に、時には両手で揉み込んだ。

「あっ……あっ……ああっ……」

握り潰されると爪が肌に食い込み軽く痛みが走る。その痛みが快感に変換され、足の狭間《はざま》をじわりと濡《ぬ》らした。

「もっと……強く……して」

「もしかして、ちょっと痛いのが好きか？」

「……」

目を潤ませてこくりと頷く。

今まで誰にも打ち明けたことはなかったが、杏樹には少々Mっ気があった。ベッドの中では男性に組み伏せられ、翻弄され、責められたい。

普段はとにかく明るく元気で、どこまでも健全に生きている反動なのだろうか。

「そんな顔で強請《ねだ》られると……聞かないわけにはいかないな」

大きな手の中で乳房が和馬の思うままに形を変える。

「あっ……ああっ……いいっ……」

時折乳首を指先に挟まれくいっと捻《ひね》られると、背筋から首筋に電流にも似た痺《しび》れが走った。

「ふ……うっ」

歓喜の息を吐き出すと和馬が熱っぽい眼差しで囁く。

「その目……その顔……ゾクゾクする……」

杏樹も黒い瞳に見つめられると、これから激しく抱かれ、和馬のものになる期待にゾクゾクした。

そんな杏樹の心に反応し、秘裂からトロリと蜜が漏れ出る。

和馬はふっくらした足の狭間に手を差し入れると、その蜜を指先で掬《すく》い取《と》って杏樹に見せ付けた。

「感じやすい体なんだな。もうこんなに濡れている」

「……っ」

恥ずかしいはずなのについ凝視してしまう。羞恥心が媚薬《びやく》となって更に蜜をトロリと分泌させた。

「本当は、もう少し慣らすつもりだったけど……我慢、できない。悪い」

和馬はベルトを抜き、ズボンをずり下ろした。

「少し早いけど、いいな」

「えっ、いいって……」

視界が滲《にじ》んだ涙でぼやけてよく見えない。だが、和馬のすらりと長い足の狭間に、大きく太い、赤黒い雄の証がいきり立っているのはわかった。

「まっ……」

強引に膝で足を割り開かれる。そこに和馬の腰が入り込んだ。

「あっ……」

テラコッタ色の目が大きく見開かれる。グズグズになった蜜口に肉の楔《くさび》の先が押し当てられた。

「ああっ……」

体の奥がひくりと疼く。

「あっ……そんなっ……まだっ……ああっ……」

言葉とは裏腹に隘路《あいろ》は内壁を妖しく蠢《うごめ》かせて、和馬の分身を迎え入れようとする。

「まだって、ほらもう、ビショビショじゃないか」

和馬はうっすら笑みを浮かべながら、ぐぐっと一気に腰を押し込んだ。

「やぁんっ……」

体がビクビクと痙攣《けいれん》して足の爪先がピンと伸びる。痛みはまったくない。それどころか、体が歓喜しているのがわかった。

「すごいな……ぴったりだ」

「……っ」

杏樹も何か言おうとしたが言葉が出てこない。ただ熱い息を繰り返し吐き出すことしかできなかった。

「……杏樹」

低く掠れた声で名前を呼ばれた次の瞬間、ずるりと肉の楔を引き抜かれ、再びぐっと最奥を穿《うが》たれた。

「ああんっ……」

快感のあまり肌が粟立《あわだ》ち、体から力が抜け落ち、膝がガクガクする。

「激しくされるのが好きなんだな」

「……っ」

「ひくついて、ヌルヌルして、咥《くわ》え込んで離さない」

「そんなこと、言わないでぇ……」

「ほら、また締め付けた」

「あっ……」

和馬は強引に腰を引いた。

「ひぃんっ……」

内壁を擦られる感覚に悲鳴を上げる。続いて間髪を容《い》れずに一気に貫かれた。

「あっ……あっ……も、もっと……」

優しくしてほしいのか、激しくしてほしいのか、自分でもわからなくなる。

すると和馬が笑みと興奮を含んだ声で呟いた。

「そうか。激しくしてほしいんだな」

「ちっ……ああっ……」

和馬の行為が一層激しさを増した。杏樹の両脇に手をつき、より奥深くを抉る。

時折肉の楔の切っ先が子宮へと続く扉に届いて掻き、そのコリッとした感触に杏樹の唇から噎《むせ》ぶような吐息が漏れ出た。

「やっ……あっ……ああんっ……和馬さっ……」

弱い箇所を突かれ身悶える。いやいやと首を横に振ると、涙が飛び散りシーツにシミを作った。

「嫌じゃないだろう。好きだろう？」

「……っ」

否定できないのでまた涙目になってしまう。それどころか、和馬の動きに合わせて腰を揺らすようになっていた。

「もっと俺がほしいんだろう？　体がそう言っている」

不意に腰をぐっと掴まれ引き寄せられる。

「あ……あっ」

和馬の肉の楔で隘路がみっちり、隙間なく埋められているのがわかる。ぐぐっと内臓を押し上げられる圧迫感にまた涙が出た。

「あっ……あっ……あああっ」

快感の波に翻弄され体がブルブルと震える。腰はビクビクと跳ねて背筋が仰《の》け反《ぞ》った。

「ひっ……あっ……ああっ……」

視界が真っ白に染まり無数の火花が飛ぶ。同じタイミングで和馬が最奥を一際強く突いた。

「……っ」

パンと何かが弾ける音を聞いた気がした。熱い飛沫《しぶき》が最奥に注ぎ込まれる。

「あ……あ……」

和馬は大きく肩で息を吐き、汗の滲み、まだふるふる揺れる乳房に顔を埋めた。まだ繋《つな》がりを解こうとはしない。

「俺たち、ぴったりだな」

「……」

セックスの好みだけではない。互いの体のパーツが見事適合している。神がなぜ男と女を生み出したのか理解できるほどだ。

「こんな体……一度で終われるわけがない」

和馬は杏樹の目を覗き込んだ。

「杏樹、君は？」

杏樹は荒い息を繰り返し吐き出しながら、涙目でこくりと頷いた。

「もう一度……したい……です」

「一度と言わずに何度でも」

ずるりと体内から引き抜かれる感覚に身震いする。

「あっ……」

反射的に足の狭間を庇《かば》おうとしたのだが、次の瞬間いきなり抱き上げられぎょっとした。思わず和馬の首に手を回す。

「本当はこのままどこかにさらっていきたいところだけど、さすがに生まれたままの姿じゃいただけない。だから」

ざっとカーテンを引くと、杏樹の両手を窓につかせた。

「な……にをっ」

腰をぐっと引かれ頽《くずお》れそうになったところを支えられる。

「見るんだ」

「……っ」

杏樹はガラスにあられもない姿の自分が映っている。

和馬に抱かれ、汗と体液に塗《まみ》れてぬらぬら光っているのがわかった。豊かに実った二つの乳房は重力で垂れ下がりゆらゆらと揺れている。

「や……だぁ」

目を逸《そ》らして身を捩《よじ》らせる。

「やだってどうして。こんなにエロいのに」

エロいから目に入れたくないのだ。淫らな自分を視覚で認識したくない。そのはずなのに、心臓が期待と興奮で早鐘を打ち、同じリズムで足の狭間から滾々《こんこん》と蜜が漏れ出てしまう。

和馬とは欲情の導火線に火を付ける種まで同じようだった。

「あっ……」

和馬の手の爪先が腰に食い込む。次の瞬間、パンと腰を叩《たた》き付けられた。視界にまた火花が散る。

一度抱かれたことで和馬に馴染んだ肉体は、いともたやすくその剛直を呑み込んだ。

「ひいっ……」

立ったまま背後から最奥を突かれ、今まで知らなかった快感の在処《ありか》を知って身悶える。ベッドの上よりもありありと和馬の雄の形を感じてしまう。

「杏樹……」

背に熱い吐息が掛かる。背筋がゾクゾクとして、そこも性感帯と化した。

「杏樹、どうしてほしい？」

「どうして、ほしいって……」

こんな正気ではいられない情交の最中に聞くことなのか。

「こんな時だからだろう。ほら、言うんだ」

「わ……たしはっ……」

「うん、なんだって？」

ぐぐっと内壁を上部に押し上げられて喉がひくりとする。

「……いじ、わるっ」

何がほしいかなどとっくに理解しているだろうに。

「杏樹、それじゃ答えになっていない」

ぐちゅぐちゅと淫らな音を立てて体内を掻《か》き回される。これ以上熱くはならないと思っていた体温がまた上がった。中からとろとろ蕩けてしまいそうだ。

「あ……あっ」

またずるりと引き出され、かと思うと根元まで突き入れられる。

「……て、ほし……」

途切れ途切れの嗄《か》れた声がようやく出た。

「ほら、言ってみろ」

「ほしいのっ……」

より奥にあるコリコリとした箇所を嬲《なぶ》り、子宮から和馬の色に染めてほしい。

「早く……来てっ」

頼むまでもなく最奥をぐりぐりと刺激される。

「……っ」

重く、鋭く、それでいて気怠《けだる》い快感に溺れ、自分の名前すら忘れてしまいそうだった。

「あ……あっ……。和馬さっ……」

圧倒的な力で腰をぶつけられ、小刻みに震える足が曲がりそうになる。そのたびに腰を掴んで引き戻された。

繋がる箇所からはもはや蜜ともつかない、泡立った体液が漏れ出てくる。

「う……あぁっ……やぁん……ダメっ……」

もはや自分が発する言葉の意味すらわからない。なのに、背後で囁かれた名前だけははっきりと聞き取れた。

「……杏樹」

「ひぃっ……」

肉の楔で串刺しにされ、背が弓なりに仰け反る。

直後に、最奥でじわりと灼熱《しゃくねつ》が杏樹の体内を焦がした——。


——杏樹は完全な健康体で寝付きも寝起きもいい。

だから、翌朝もいつものようにぴったり六時に目が覚めた。

「うう～ん」

ベッドの中で思い切り背伸びをする。

いつもより少々だるい。ひやりと肌寒い気も。

まさか風邪かと慌てて飛び起き、我が身を見下ろして唖然《あぜん》とした。

「え、ええっ⁉」

なぜ生まれたままの姿なのだ。しかも、足の間に違和感がある。

まさかと恐る恐る隣に目を向けると、美青年が気だるげに眠っていたので二度ぎょっとした。

眠っている間に前髪が乱れているが間違いない。

「さ、桜川さん⁉」

記憶を辿《たど》って青ざめる。

「そ、そうだった。私、お見合いして……」

話が盛り上がって食事をすることになり、更に飲みに行き、酒の勢いでベッドインしたのだ。

まさか、こんなことになるとは。

「ど、どうしよう……」

和馬はボスの利明の紹介してくれたお見合い相手だ。置いて逃げ出すなど失礼極まりないので、取《と》り敢《あ》えず和馬が目覚めるのを待つ。

ベッドに肘をついてその顔を覗き込む。

「彫りが深い……」

無意識のうちに指先でその輪郭を辿っていた。

形のいい額と通った鼻筋、シャープな頬のラインと唇――。

「う……ん」

ドキリとして手を引く。

切れ長の目がゆっくりと開けられ、黒い瞳が杏樹を映した。

「……杏樹？」

「お、はようございます」

他になんと言えばいいのかわからなかったので、ひとまず全国共通の挨拶をした。

和馬はまだぼうっとしている。昨夜の狼《おおかみ》を思わせる激しさが嘘のようだ。

「えーっと……悪い……。俺……寝起き、悪くて……。コーヒー、ルームサービスで頼んでくれないか……。ついでに、朝食も……」

「は、はいっ！　わかりましたっ！」

そうか、寝起きが悪かったのかとニヤニヤしてしまう。和馬の新たな一面を見て嬉しくなった。

――ルームサービスが運び込まれて、窓際のテーブルに並べられる頃には、杏樹も和馬もシャワーと着替えを済ませていた。

和馬はコーヒーを一口啜ると、ようやく完全に覚醒したらしい。開口一番「申し訳ありませんでした」と頭を下げた。

「えっ、どうして謝るんですか？」

杏樹にはさっぱりわからなかった。

「先生に紹介していただいたお嬢さんに大変な真似をしてしまいました」

口調ががらりと変わっている。

車のハンドルを握ると人格が激変し、乱暴な運転をするドライバーのように、和馬はベッドに入ると一人称が僕から俺に変わり、性格が俺様狼と化すらしかった。

杏樹は慌てて「そんな！」と首を横に振った。

「あれは……同意の上でしたし……その……」

すごく気持ちよかったとは続けられずに目を伏せる。

「本多さん、いいえ、杏樹さん」

何を言われるのかと怖々顔を上げると、テーブル越しに和馬の真剣な眼差しがあった。

「こうなったら責任を取ります。僕と結婚してください」

「え、ええっ⁉」

昨日お見合いをしたばかりなのに、いきなりプロポーズするなど、何をとち狂ったのかと焦る。

「あ、あの、お互い大人なんですし、責任を取るとかそんなことは考えないでください」

それに、責任を取ってもらい、お情けで結婚してもらうなど嫌だった。

「ああ、言葉が悪かったですね。……そうじゃない」

和馬はもどかしそうに手を伸ばし、ベーコンエッグの皿越しに杏樹の手を取った。

「杏樹さんとは初めて会った気がしない。……あなたもそう思ってくれたのではありませんか」

和馬の言う通りだった。好みも、言動のタイミングも、体の相性までピッタリで、自分は和馬のために、和馬は自分のために生まれてきたのではないかとすら思う。

「そ、それは……」

「僕はあなたと昨日のお見合いで再会した時、これは運命だと確信しました。二度とこれほどピッタリくる人は現れないと」

黒い瞳の奥に情熱の炎が燃えている。

「……だから、あなたを逃がしたくない」

そんな眼差しは涼太からも向けられたことがなかった。ようやくこの人は本気なのだと思い知る。

「杏樹さんはまだ若いですから、ろくに交際をしてもいないのに、早過ぎると思うかもしれません。ですが、少しは同じ気持ちになってくれているはずだと、あなたの目を見て自惚《うぬぼ》れてもいるんです」

違っていないどころか大正解だ。もう和馬に恋に落ちているのだから。

「杏樹さん」

和馬の手に力が込められる。

「あなたを一生守ると誓います。僕と結婚してくれませんか」

真《ま》っ直《す》ぐな目にハートを射貫かれ、気が付くと「はい……」と応えていた。

好きな人にプロポーズされたのだ。時間など関係ない。何も迷うことはなかった。

「その……よろしくお願いします」

こうして交際0日で結婚が決まったのだった。

第三章　元彼&元親友に天誅《てんちゅう》を！

運命の人と出会い、恋をし、プロポーズされ、あるいはプロポーズして、結婚し家庭を持つ――。

文章にしてしまえば一行程度で収まるほど短い。しかし、各イベントの間には細々とした手続きが発生し、イベントそのものよりも手間がかかるものだ。

結婚はその最たるものである。

「うう……どうしよう」

杏樹はその夜ベッドの上でスマホを手に悩んでいた。画面には有名洋菓子店のギフトセットがずらりと並んでいる。

いよいよ今週末和馬の両親のもとに結婚の挨拶に行く。すでに和馬が向こうに釣書を見せているので、こちらの経歴は知っているはずだ。「会うのが楽しみだって言っていたよ」と聞いているので、今のところ悪い印象は抱かれていないのだろう。

しかし、いくら利明や和馬から自信を持てと言われても、やはりその辺の勤め人でしかない自分が和馬に釣り合うとは思えなかった。

我ながら偶然和馬に出会い、偶然再会し、偶然お見合い相手になって、トントン拍子で結婚が決まったのだ。今でも夢なのかと頬をつねるほどだった。

いざ現実で結婚準備が進んでいくと、それまでの婚活で障害物競走並みに障害があったため、また何か落とし穴があるのではないかと慄いてしまう。

そして、現在対峙《たいじ》している障害物が桜川夫妻への手土産だった。

和馬の両親は一人息子の和馬が医師として独立後、鎌倉でのんびり二人暮らしをしているのだという。父の広樹は中堅電子機器メーカーの部長、母の愛子は専業主婦でガーデニングが趣味なのだとか。

なお、母方は神奈川県で病院グループを運営する一族であり、現在祖父が理事、伯父が病院長を勤めているとのこと。この伯父に子がいないので、和馬が跡継ぎに指名されているとは聞いていた。

『手土産は何がいいって？　なんでも喜ぶと思うよ。全然好き嫌いはないから』

和馬には気張らなくてもいいと言われていたが、何せ優良物件どころではない結婚相手の両親なのだ。どれくらいの金額の何がいいか見当もつかなかった。有名メーカーのクッキーが無難かと思ったがピンと来ない。

悩んでいる間にもどんどん時間が過ぎていく――頭を抱えていた杏樹だったが、ふと名案が閃《ひらめ》き「これだ！」と声を上げた。

せっかくミカン県出身なのだ。それに相応しい手土産を用意しようではないかと。

前日までは小雨が降っていたのだが、挨拶に行く土曜日の朝は快晴だった。

「ああ、天気でよかった！」

室内での顔合わせではあるが、やはり晴れると気分も明るくなる。

杏樹は迎えに来てくれた和馬の車に乗り込んだ。数時間後には和馬の両親に会うのかと思うと、今から心臓がドキドキしてしまう。

「やっぱり緊張します……」

「大丈夫。本当に一般家庭だよ」

「え～……」

和馬から何度も「実家は普通だ」と聞いていた。

とはいえ、和馬の母は代々医師の一族のお嬢様。そのお嬢様をゲットした現部長夫婦なのだ。とても普通だとは思えなかった。

和馬が「本当だよ」と苦笑する。

「僕も母がお嬢様だって知ったのは中学校頃だったんだ」

なんと、和馬の母はお嬢様だったが、和馬の父と恋に落ち、反対を押し切って駆け落ち同然に結婚したのだという。

「祖父は他に結婚させたい相手がいたみたいで、怒って母を勘当したそうなんだ」

「す、すごい……」

ドラマのようなラブストーリーに目を瞬かせる。

「それでも母は頑《がん》として意志を曲げなかった」

新婚当初は二人で苦労したものの、数年後には生活も安定したのだとか。

「また何年か経って俺が生まれると祖父も態度が軟化したみたいでね。小学生になると時々祖父が顔を見に来るようになって」

なるほど、古今東西孫パワーは無敵らしい。初孫だったそうなのでなおさらだったのだろう。

「和馬さんはお祖父さんや伯父さんの影響で医師を目指したんですか？」

和馬はハンドルを操作しながら首を横に振って声を出して笑った。

「それが違うんだ。マンガの影響」

無免許の天才外科医が大金と引き換えに次々と難病を治療する——そんなマンガの主人公に憧れて医師を志したのだとか。

「祖父は自分の背を見たからじゃなくて、マンガが志望動機かって複雑そうだったな。伯父はなんでもいいからこっちに来てくれるのは嬉しいと言っていたけどね」

「そうだったんだ……」

和馬が医師になろうと志した理由が意外に庶民的で、子どものように無邪気だったので親近感を抱く。

すぐそばにいてもうすぐ結婚しようというのに、自分とは違う世界に生きているとの感覚が抜けなかった。だが、マンガの主人公になりたかったと教えてもらい、身近に思えてすっかり嬉しくなる。

「お父さんはどんな人なんですか？」

「器が大きい人だ。怒ったり、苛立ったりするところを見たことがない」

そんな父を尊敬しているとも。

「犬を飼っているって言っていただろう？　父が海岸に捨てられていたのを拾ってきたんだ」

なるほど、この穏やかで頼もしい性格は父親似なのかと頷いた。ただし、和馬はベッドの中では狼と化すのだが。

話を聞くうちに緊張が解け、段々楽しみになってくる。

それから約二時間後に到着した和馬の実家は、少々広いが豪邸というわけでもない、モダンな今時の一戸建てだった。最近リフォームしたとは聞いていたが——。

「普通だろ？」

「は、はい……」

駐車場に車を止めて玄関に向かう。チャイムを押すと待ちかねていたのか、「いらっしゃい」とすぐにドアが開けられた。

スカート姿の小柄で綺麗な女性がニコニコ笑っている。杏樹はすぐにその顔立ちが和馬にそっくりなのに気付いた。女性に産まれればこうなっていただろうと思うような美人だ。

「はっ、初めまして。杏樹と申します！」

「あらあら、初めまして。和馬の母の愛子です。それから……」

愛子が振り返るが早いか、柴犬《しばいぬ》系の雑種と思《おぼ》しきキツネ色の犬がすっ飛んできた。尻尾をブンブン振り回している。

「この子がペロ」

ペロに続いて長身痩躯の男性が現れる。和馬の父の広樹《ひろき》だ。

「おいおい、愛子、ペロが先なのかい」

「こういう場合は早い者勝ちよ」

ロマンスグレーとメガネの似合う知的な男性で、全身から人の良さが滲《にじ》み出《で》ていた。こちらは体格が和馬そっくりだ。（広樹＋愛子）÷2＝和馬の計算式が脳裏に浮かんだ。

「おお、いらっしゃい、いらっしゃい。君が杏樹さんか。待っていたよ」

「ささ、どうぞ、どうぞ」

二人とも容姿はまったく違っているのに、穏やかな雰囲気やタイミングがまったく同じだ。一緒に長く仲良く暮らしているとこうなるのだろうか。

いい人そうだと胸を撫《な》で下《お》ろし、応接間に通してもらう。こちらは愛子の趣味なのか、ソファや窓辺の花瓶の柄が小花柄で統一されていた。

まずはお土産を手渡す。

「どうぞ、つまらないものですが……」

「あらっ、ゼリー？　ありがとう！」

「実家で採れたミカンが材料なんです。近くの農業高校の生徒さんが実習で作って、地元のお土産として販売しているもので……」

「私そういう特産品大好きよ」

愛子は笑顔を浮かべたまま受け取ってくれた。

「あら、いけない。ちょっと待っていてね。お茶を淹れてくるから」

そわそわと応接間を出ていき、まもなく盆を手に戻ってくる。その仕草だけで歓迎されているのだとわかった。

「今日は本当に楽しみにしていたのよ。和馬君がどんなお嫁さんを連れてくるのかなって。聞いていた通り可愛い人で嬉しいわ」

「僕もついにお義父《とう》さんと呼ばれるのか。あのチビ和馬がもう結婚なんて感慨深いなあ」

二人とも大歓迎で反対する様子など欠片もない。もう少し嫁として品定めされると覚悟していたので面食らう。一人っ子の息子が結婚するのだから、心配した方がいいのではないかと、逆にこちらが心配してしまった。

「それで、いつ結婚するの？」

「はい、遅くとも来年中には」

「まあ、楽しみ。広樹さん、タキシード仕立て直さないとね」

「む……それまでには痩せる」

会話からしてやはり夫婦仲がいいのだと察せられた。

桜川夫妻との初対面はなんのわだかまりもなく穏やかに進んでいく。途中、広樹がウキウキとした口調で口を挟んだ。

「おお、そうだ。二人とも今夜は泊まっていくんだろう？　愛子の料理は美味いから、たくさん食べて帰りなさい」

「いや、泊まるまでは……」

「そうよ、せっかくなんだから食べていって」

和馬も杏樹も明日は久々の休日だ。特に泊まっても問題ないが、自分に気を遣ってくれているのだろう――杏樹はそう受け取って隣の席の和馬の袖をツンツンと引っ張った。

「私なら大丈夫！　和馬さんも実家は久しぶりでしょう？」

「ああ、そうだけど」

「じゃあ、お世話になろうよ」

広樹の顔がぱっと輝く。

「そうか、そうか。じゃあ、酒の用意をしないとな。杏樹さんは飲めるのかい？」

「はい、もちろん！　ザルどころかワクです！」

「それはいい」

話がまとまり、早速客間に向かうことになったのだが、途中和馬にそっと耳打ちされた。

「ありがとう。悪いな」

二人のお節介に杏樹が付き合ってくれているると捉えているのだろう。

「ううん。こんなに歓迎してくれて嬉しいもの」

思い掛けず宿泊することになったものの、和馬の心配とは反対に杏樹はウキウキしていた。何せ、和馬が生まれ育った実家なのだ。

そんな杏樹の気持ちを感じ取ったのだろうか。夕飯前、「ねえねえ」と愛子に声を掛けられた。

「もしよければ男二人には内緒で和馬のアルバムを見てみない？」

「……！　もちろんです！」

喜び勇んで居間に向かう。本棚の片隅にある数冊を取り出し、「ほら」とテーブルの上に広げて見せてくれた。

「わあ……」

小学校のマラソン大会で一等賞になった和馬。中学受験に合格し、入学式に校門の前で学生服で笑う和馬。大学時代、湘南《しょうなん》の海岸でサーフィンに勤《いそ》しむ和馬。医師国家試験に合格し、伯父に祝宴の席で酒を注がれている和馬。

特に幼い頃の和馬は垂涎《すいぜん》ものだった。黒い大きな目で女の子のように可愛い。

「うわあ、可愛い」

「でしょう？　あの子のお嫁さんになる人には絶対に見てもらいたかったの」

和馬によく似た黒い目が向かい席の杏樹を捉える。

「あの子を好きになってくれてありがとう。結婚までしてもらえるなんて」

「い、いやいやいや」

慌てて首を横に大きく振る。

「何をおっしゃいますか。私がもらっていただいたようなもので……」

思い掛けず相性が合い婚約に至ったが、杏樹としては宝くじを当てた気分なのだ。運が九十九％という気がしていた。

愛子が杏樹の顔を見てくすりと笑う。

「私があの子のお嫁さんに求める条件はただひとつなの」

それは、和馬が好きだと思える人だということなのだと。

「昔からお嫁さんは世界で一番好きになれる人を……って言っていてね。だから、あなたを連れてきてくれて本当に嬉しかったのよ」

和馬は幼い頃から優秀だっただけに、世の中や周囲の大人の汚さを見抜いているところがあり、少々冷めていて心配だったのだとか。

「私の父に似たのかしらねえ。でも、好きになったら命がけなところは私に似たみたい」

愛子は一族の中でもみそっかすだったのだという。お前にできることは親の選んだ優秀な医師と結婚し、貢献することくらいだと言い聞かせられて育ったのだと。

「それでグレちゃってね。高校生なのに夜の街で男遊びをしたり、他にも結構いけないことをしたわ。……寂しくて構ってほしかったのよね」

「……」

おっとりとした奥様にしか見えなかったので、愛子の過去と現在のギャップに息を呑んだ。

「でもね、そんな私を見つけて、叱ってくれたのが夫だったの」

広樹は兄の家庭教師で、自宅に出入りしていたので、愛子の顔も知っていた。街中で偶然見かけ放っておけなかったのだろうと。

「すっかり好きになっちゃって猛アタック。あの人が根負けする形で恋人になってもらったのよ」

なんと、愛子から好きになったのだと聞いて驚いた。しかも、落ちるまで諦めなかったとは相当な情熱だ。

「広樹さんには迷惑掛けちゃった。でも、諦めなくて、素直に気持ちを伝えってよかったって、人生でそれだけは後悔していないの」

もう一度「ありがとう」と杏樹に伝える。

「あの子が一番好きな人と結婚できて本当によかった……」

なんとか最初の難関を突破した杏樹は、続いて友人の結衣と乃亜に婚約したことを報告。二人とも我が事のように喜んでくれた。

「すごいじゃない！　玉の輿《たまのこし》！」

「おめでとう～！　さすが杏樹！　やってくれると思ったわ！」

結衣と乃亜が一斉に囃《はや》し立《た》てる。嘘偽りのない祝福の言葉に胸が熱くなった。

今日は秋の始まりの九月の日曜日。

晴れているだけではなく、暑くも寒くもないちょうどよい気温だからか、カフェのテラス席はカップルと杏樹たちのような女性客でほぼ満席だ。

それぞれのテーブルの上にはコーヒーカップや特製チーズケーキの皿が載っていた。

杏樹はスマホを取り出しスケジュールをチェックした。

「来年の五月上旬に式を挙げるの。来てくれる？　もちろん招待状は出すけど、今のうちに確認しておきたくて」

「もっちろん！」

友人二人には辛い時に支えてもらったので、とっておきの恩返しをするつもりだった。

「そうそう、和馬さんに独身のお医者様の友だちをたくさん招待するように頼んでおいたの。二人とも今フリーでしょ？　二次会もあるから頑張って素敵な彼氏ゲットしてね！」

「うわあ！　ありがとう！　さすが杏樹！」

「気合い入るわ～」

女とはそれまで元彼にどれだけ泣かされていても、新たな幸福を手に入れた途端どうでもよくなるらしい。

涼太に失恋したばかりの頃は、何しろ初恋の相手でもあったので、一生辛いままなのかと思い込んでいたのだが――女が上書き保存とは真実だったのだなと我が身で実感する。

だから、乃亜に涼太が愛花と結婚すると聞かされても、まったく心が動かされることはなかった。

「あっ、そうそう。あのね、愛花も結婚するんだって」

「え～、まさか涼太君と!?」

「そのまさか」

「随分早くない？」

結衣は納得がいかないと首を傾げている。

「愛花の性格だったら、結婚相手にはもっとエリートを狙うと思っていたんだけど……」

あくまで人の男、杏樹の彼氏だったから略奪しただけで、すぐに飽きて他の男のところに行くと思い込んでいたと。

「それが無理になったからでしょう」

乃亜は声を潜めて事情を説明した。

「あの子、会社の上司と不倫していたのよ。それがバレて慰謝料請求されたみたいで……」

「えー……っ」

さすがの杏樹も絶句する。

ということは、涼太と二股を掛けていたということか。

「上司の奥さんが会社に乗り込んできて大問題になったんだって。それで会社にいられなくなって退職しちゃったって」

共通の知人から愛花のゴシップを聞かされた時には、あの子なら有り得るなとウンウン頷いたのだという。

「ああ、それで今まで何してきたかがバレて……」

噂《うわさ》が広まり追い詰められたのだろう。

「失業してもう涼太しか頼る人がいなくなったんじゃないかな。ほら、あの子の実家ってすごく厳しいらしいから、娘の不倫を許してくれなかったのかも」

「そういえば昔親がうるさいって言っていたかも」

ふと杏樹の脳裏にある疑問が湧いた。

「涼太は愛花が不倫していたって知っているの？」

乃亜は肩を竦めた。

「ごめん、そこまではわからない。でも、知っているならすごいよね。それでも愛花のことが好きだってことなんだろうし」

「う〜ん……」

カフェラテを一口飲んで唸《うな》る。

涼太は頭がいいし、仕事もできる。

だが、プライベートではそれほど器用ではない。

だったら杏樹をもっと要領よく、恨まれずに切れただろう。愛花と二股を掛けてもよかったはずだ。

だが、どちらもできなかったし、最終的には愛花を選んでいる。

つまり、大多数の男性と同じくそれなりに卑怯《ひきょう》だが、それなりに誠実で常識人なのだ。

不倫を許せる性質《たち》ではないので、知らないのではという気がした。

とはいえ、所詮涼太は他人なので本心まではわからない。乃亜の言う通り愛花への気持ちを貫くつもりなら、それはそれでいいではないかと頷いた。

「結婚式はいつ？」

「十一月。実は、私招待状が届いたんだよねえ……」

「ええっ」

愛花は学生時代、乃亜の恋人を略奪している。一体、どのツラを下げてと呆《あき》れた。

「多分出席してくれる女友だちがいないんだろうね。私ももちろん欠席するけどね。この分だと多分杏樹にも届くんじゃない？」

「えっ、やめてよ〜」

とはいえ、否定できないのが恐ろしい。

その日の帰り道で神社に立ち寄り賽銭《さいせん》を入れ、どうか招待状が届きませんようにと祈ったのだが、あいにく神様は願いを聞き届けてはくれなかった。

アパートに戻りポストの鍵を開けると、英会話塾のチラシとともに一通の封書が滑り落ちてきたのだ。

「げっ」

案の定、涼太と愛花の結婚式の招待状だった。

「……本気なの？」

ゴールドカラーのバラの模様で彩られた、愛花好みの高価そうな招待状だった。

何か仕込まれているのではないかと警戒しつつアパートの部屋のドアを開ける。

ローテーブルの上でそろそろと開封すると、招待状の狭間から何かがテーブルに滑り落ちた。メモサイズのメッセージカードだった。

『席をふたつ用意したから彼氏と一緒に来てね』とある。

当然、欠席の返事をするつもりだった。元彼を略奪した元親友の結婚式に出席するなど冗談ではない。

涼太も涼太だ。なぜ止めようとしないのか。招待客に自分たちの関係を知っている誰かがいれば、気まずいどころではないだろうに。

ところが、愛花は杏樹が断れないようすでに先手を打っていた。

翌日女子大時代に何かと世話になった、定年退職した元教授から電話が掛かってきたのだ。個人的にも親しかった教員だったのですぐにスマホを手に取った。

『もしもし、本多さん？　久しぶりね』

「新沢《にいざわ》先生、お久しぶりです！　どうしたんですか？」

『実は、篠原《ささはら》さんから結婚式の招待状をもらったのよ。せっかくだから出席したいんだけど……』

しかし、この新沢元教授は目が悪い。

『最近、ちょっと暗いとよく見えなくなって、杖《つえ》と介添えが必要になってきたのよ』

「ああ、前そうおっしゃっていましたね」

『篠原さんは式場のスタッフさんが手伝ってくれるって言ってくれたんだけど、年を取ると知らない人に世話をされるのは不安でね』

だから、初めは欠席すると連絡した。夫はすでに亡くなり、娘は遠方に嫁いでいるので難しいと。

すると、愛花はこう答えたのだという。

『大丈夫ですよ。杏樹も出席するんですよ。喜んで手伝うって言ってくれているんです。席も一緒のテーブルにしますから』

杏樹はやられたと天井を仰いだ。まさか、恩人の元教授を人質に取るとは。

新沢は柔和な人柄で性善説を信じ切っているので、愛花は実はこんな女なんですと暴露し、ショックを与えるわけにも行かなかった。

『篠原さんはそう言っていたんだけど、本多さんに不都合はないの？』

教え子の結婚は愛花が初になるからだろう。新沢の口調からはできれば出席したいとの思いが伝わってきた。

だから、杏樹は苦渋の決断をするしかなかったのだ。

「はい、出席します。ただ、婚約者と一緒になるんですが、それでも大丈夫でしょうか？」

『まあ！　あなたも結婚するの！』

「はい、ご招待しますので出席してもらえれば嬉しいです」

『ええ、もちろんよ！』

電話を切り「愛花めえ……」と唸る。

愛花は杏樹がまだ失意のただ中にあり、恋人などできているはずがないと思い込んでいるのだろう。そんな独り身の元親友を結婚式に呼んで略奪した新郎を見せ付け、いい気分に浸りたいのだ。

こんな時でもマウントを取るつもりなのかと溜め息を吐いた。同時に、腹の底から怒りがマグマのように込み上げてくる。

杏樹にも意地やプライドがある。

「そっちがそのつもりなら受けて立とうじゃない」

すっくと立ち上がりぐっと拳を握り締める。続いて少々突き出た腹を見下ろし、プニプニとした肉を摘まんで溜め息を吐いた。

「……取り敢えず、結婚式までにダイエットしなくちゃね」

＊＊＊

涼太と愛花の結婚式は十一月の大安吉日、都内のゲストハウスで執り行われた。

杏樹も来年結婚予定で、情報誌をチェックしていたので知っていたが、ステンドグラスの大聖堂がセールスポイントのラグジュアリアスな式場だ。

当然、料金もラグジュアリアスである。

いくら若い割には高給取りでも、涼太はまだ二十代前半なのだ。

しかも、四国の母方祖父母宅に仕送りをしているとも聞いている。貯金に余裕があるわけでもないだろうに、式後の生活は大丈夫なのかと他人ごとながら不安になった。

ともあれ、まずは新沢に付き添い受付を済ませた。挙式まで知らない人ばかりの待合室にいるよりは、一階にあるカフェで休んでいたいというのでそこまで送る。

その後和馬と合流した。待合室の長椅子に隣り合って腰を下ろし、時間まで雑談を楽しむ。

「杏樹さん、後ろを向いてくれないか」

「どうしたの？」

「コサージュが外れかけているから」

和馬は椅子から立ち上がり、杏樹の背後に回ると、髪をさっと整え直してくれた。

「和馬さん、やっぱり器用だね」

さすがお医者様だと感心する。

「人の体に触れるのが上手」

「あれは仕事だから。杏樹さんに触れるのが一番楽しいよ」

腰を屈《かが》め、周囲に気付かれないよう、耳元に熱い息を吐きかけながら囁く。

「今日の杏樹さんは可愛さが十倍増しだ。そのドレス、よく似合っている」

今日のドレスと靴は和馬がプレゼントしてくれたものだった。

咲いたばかりのバラを思わせるピンク色で、袖とスカート部分のレースが上品で可愛い。胸元のネックレスは誕生日に贈られた、ルビーとダイヤのものだ。靴は光沢のあるシルバーのハイヒールで、足をすらりと綺麗に見せてくれた。

「あっ、ロビーで写真撮ってくれる？　って、ううん、やっぱり待って」

「どうしたんだ？」

「……やっぱりやめておく」

「だから、どうして」

杏樹は溜め息を吐いて我が身を見下ろした。

「ちょっとドレスが前よりきつい気がして」

この二ヶ月愛花に目に物見せてやると、死に物狂いでダイエットに励んだのにと落ち込む。

「う～ん、頑張ったんだけどな」

「僕には太ったように見えないけどね」

「そうかなあ……」

「ああ。ただ……」

「ただ？」

和馬は切れ長の目を愛《いと》おしそうに細めた。

「えっ、何？　気になっちゃう」

苦笑しつつ小声で指摘する。

「セクハラになるかな。胸、大きくなったんじゃないか？」

「えっ？　あっ」

確かにそうだ。ブラのサイズが半カップほどアップした気がする。元々胸は大きい方なのもあってなおさらきつく感じたのだろう。

「えっ、でも私、もう二十四歳だよ？　成長期なんてとっくに終わっているのに」

そんなことがあるのだろうか。

それとも、和馬に日々愛される中で、女性ホルモンが活発に分泌され、体をより女らしくしているのだろうか。

太ったのではなくそちらが原因ならいいのだが――。

「どちらだっていいだろう」

和馬が耳にそっと息を吹きかけてくる。

「ひゃんっ」

敏感な箇所だったのでつい喘《あえ》ぎ声に近い声を上げてしまった。

「そのドレスを脱がせるのが楽しみだ」

「……」

頬を染めながら杏樹は小さく頷いた。

今日は愛花に自分も幸せだと見せ付けるために出席したが、この時点で正直もうどうでもよくなり、すっかりリラックスしていた。

だから、馴染みのある声で名前を呼ばれた時には驚いた。

「まさか、杏樹ちゃん？」

「あっ、おばさん」

反射的に立ち上がる。

涼太の母親の波子《なみこ》だった。黒留め袖に身を包んでいる。

波子は涼太の父親と離婚後実家に戻り、女手ひとつで息子を大学まで出している。涼太は私立大卒なので学費はさぞ高かっただろう。

杏樹も涼太と付き合っていた頃、波子には世話になっていた。週末にはよく家に呼ばれ、昼食や夕食をご馳走《ちそう》になったものだ。

波子は呆然《ぼうぜん》と杏樹を見つめた。

「どうしてここに……」

「あっ、新婦の愛花さんが女子大時代の友だちだった……なんです。それで招待されて」

さすが波子、その一言である程度の事情を把握したらしい。

「そういうことだったの……まったく、とんでもないことをしでかしてくれたのね」

息子の晴れの舞台だというのに深い溜め息を吐く。

「涼太が結婚するって報告に来た時には、てっきり杏樹ちゃんがお嫁に来てくれるものだと……」

ところが、紹介された相手が別の女だったのでぎょっとしたのだと。

「お世話になったのにごめんなさい」

「いいえ、いいのよ。あの子もバカねえ」

どうも波子は愛花を歓迎していないように見えた。

「ところで、そちらの方は？」

「はい、私の婚約者の桜川和馬さんです」

「あら、まあ、そうだったの」

波子の表情がようやく微笑みで和らぐ。

「立派な方ね。そう、杏樹ちゃんも結婚するの。よかった」

少々寂しそうにも見えたのは気のせいではないだろう。杏樹も波子を慕っていただけに胸が痛んだ。

「こんなことを言えた義理ではないけど、楽しんでいってね」

波子は軽く一礼して身を翻し、他の招待客にも挨拶をしに行った。

和馬との間に沈黙が落ちる。

実は、杏樹は友だちの結婚式に同行してほしいとは伝えていたが、その相手が元彼だとは打ち明けていなかった。さすがに気まずかったからだ。

だが、波子との遣《や》り取《と》りであらかた新郎新婦との関係はバレてしまっただろう。

やはり言っておくべきだったと今更後悔する。過去や秘密など持つものではないとも。

「あ、あの、和馬さん……」

「杏樹さんは可愛いからな」

和馬は苦笑しながら杏樹の頭に拳をコツンと当てた。

「……だけど、ちょっと嫉妬した」

「ご、ごめんなさい。でも、もう本当に秘密はないの」

涼太との恋愛以外はすべて曝《さら》け出している。

「ああ、わかっているよ。というよりは、薄々そうじゃないかなとは思っていた」

「えっ……」

「杏樹さんは素直だから」

昨日から落ち着かずそわそわしていたからと。

「僕は君にだけは患者に対して以上に敏感なんだ」

杏樹はもう一度「ごめんなさい」と謝った。

「いいんだよ。その代わり、今夜は眠らせないから」

「……もう」

ほっとするのと同時に、ぐっと熱いものが胸の奥から込み上げてきて、涙が出そうになるのを堪える。

自分のすべてを受け止めてもらえた幸福と、そんな和馬に何も言わずに連れてきた罪悪感と——

私もこの人のすべてを受け止めて、信じて一緒に生きていこうと心に誓った。


挙式は滞りなく終わり、招待客らは披露宴会場に移動した。

「愛花、綺麗だったな」

嘘偽りのない感想だった。やはり美人でスタイルがいいだけあり、マーメイドラインのドレスがよく似合っていた。

しかし、どことなく顔色が悪く見えた。愛花だけではなく涼太もだ。双方メイクされているだろうに、体調が悪いのだろうか。

心配しつつもまず新沢を座らせ、続いて自分も席に着く。

「やっとご馳走だね。楽しみ！　私たちの結婚式の参考になるといいね」

「ああ、そうだな。新沢先生、灯りの具合は大丈夫ですか？」

和馬が新沢を気遣って声を掛ける。

新沢は柔和な笑みを浮かべた。

「ええ、大丈夫よ」

和馬は多くの患者と接しているからか人当たりがいい。新沢もすぐに和馬を気に入ったようだった。

披露宴会場は純白に黄金が基調で、プリンセスのためのお城の中に見えた。

ピンクベージュのクロスに覆われた丸テーブルの上には、やはりピンクベージュのバラのフラワーアレンジメントが飾られている。

シャンデリアのガラスには太陽光が反射し、テーブル全体をキラキラ彩っていた。

「う〜ん、さすがセンスがいい。私はこんな風にはできそうにないなあ。和馬さんにお任せした方が早いかも……」

「一緒に決めればいいだろう？」

その一言にはっとする。

そう、これからは二人で話し合って決めればいいのだと思うと嬉しかった。

会場の電気がぱっと消える。

「それでは、新郎新婦の入場です！」

涼太と愛花にスポットライトが当てられる。割れんばかりの拍手が会場内に響き渡った。

しかし、やはりどちらも顔色が悪い。杏樹は良くも悪くも二人との関係が長かったのでよくわかった。

準備に疲れたのだろうか。

とはいえ、式自体は何事もなく進んでいき、待ちかねていた食事、歓談の時間になった。

「うわあ、美味しい！」

感動して思わず頬を押さえる。

厳選された材料のフレンチはどの料理も頬が落ちるようで、ダイエットから解禁されたばかりの杏樹はパンの一欠片、スープの一滴、魚料理の皮の一枚も残さなかった。

その間、涼太と愛花は高砂《たかさご》席から立ち、招待客との歓談に勤しんでいた。

当然、杏樹と和馬のテーブルにもやって来ることに。その頃には杏樹もワインと美味しい料理で上機嫌になっていた。

「杏樹、今日は来てくれてありがとう」

声を掛けられ振り返る。

「あっ、愛花」

愛花はすでに同テーブルの新沢とは歓談を終えたようだった。

新沢はアルコールが入ってリラックスしたのか、もう一人の招待客と楽しそうに雑談を交わしている。

杏樹は恩師に愛花との遣り取りを聞かれていないのなら、多少は気楽だと自分に言い聞かせた。

いくら吹っ切れたとはいえ、やはり確執を忘れきることはできなかったが、理性を総動員し「おめでとう」と笑顔で告げる。

だが、愛花は杏樹など見てもいなかった。

「……その人があなたの婚約者？」

目があからさまに「嘘だろう」と言っている。

大方レンタル彼氏でも雇って、見栄を張っているに違いないと思い込んだのだろう。愛花は馬鹿にした口調で「ふうん」と和馬に目を向けた。

「どちらにお勤めですか？」

「はい。帝都大学の大学病院です」

一瞬、愛花の表情が動揺で強張《こわば》る。

「そ、そうなんですか。杏樹とはいつからのお付き合いですか？」

「おい、何詮索しているんだ。失礼だろう!?」

涼太が焦った声で愛花を止める。

「だって、杏樹なんかにこんな――」

「――この人は間違いなく大学病院の先生だよ。俺のお得意様の一人なんだから！」

愛花が大きく目を見開いた。

「今、なんて……」

「前も言っただろう？　この人は本物の桜川先生だよ。頼むからこれ以上何もしないでくれよ」

「う、そ……」

「だから、嘘じゃないって何度も説明しただろう」

愛花は食い入るように和馬を見つめていたが、やがてはっとして杏樹の左手薬指を見下ろした。

杏樹は今日、和馬から贈られたエンゲージリングを嵌《は》めていた。質のよい大粒のダイヤモンドの両脇に、ピンクダイヤモンドのメレ石がセッティングされたものだ。

それでようやく和馬が杏樹の本物の婚約者だと悟ったのだろう。

愛花の顔がたちまち歪《ゆが》み、般若《はんにゃ》のそれへと変化する。

「えっ……」

初めて見る愛花の表情にぎょっとする。だが、その形相は目を瞬かせる間に消えてしまった。

和馬は愛花の表情を目撃したのかしなかったのか、にこやかに二人に祝いの言葉を述べた。

「ご結婚おめでとうございます。私も来年結婚しますので、どうぞ婚約者ともどもよろしくお願いします」

「いいえ、こちらこそよろしくお願いします」

涼太はペコペコと頭を下げている。杏樹はこの時まで和馬と涼太の関係を知らなかったので、その横でひたすら驚き話を聞いていた。

「それでは、お食事を楽しんでください。ほら、愛花、行くぞ」

涼太は無表情の愛花を引き摺るように連れて行った。

二人が隣のテーブルに移動するのを確認し、「びっくりした……」と大きな息を吐く。

「まさか、和馬さんが涼太の得意先だったなんて」

「ああ。ちょっと気まずくて話せなかった。だから、お互い秘密があったってことでおあいこだな」

「おあいこって……」

自分の秘密と和馬のそれとでは比較にならない。

和馬が気を遣わせないようにしてくれているのだと察し、またぐっと胸の奥から熱いものが込み上げてきた。

こうして長かった披露宴のプログラムもすべて終了。

「それでは、これより新郎新婦様は皆さまをお見送りのご準備のため、一足先にこの会場をあとにされます。どうぞ皆さま、幸せなお二人を本日一番の笑顔と拍手でお見送りください！」

司会の言葉とともに万雷の拍手が会場内に響き渡った。

涼太、愛花が笑顔でバンケットルームから出て行く。招待客達も頃合いを見計らっておのおの席を立った。

「いいお式だった」

「美男美女のカップルだったわね」

杏樹は招待客らの新郎新婦への賛美を聞きながら、腰を上げたばかりの和馬に声を掛けた。

「和馬さん、先に行ってくれる？　私、新沢先生に付き添うから」

「だけど、引き出物があるだろう。荷物は僕が持つよ。先生、ご一緒させていただいてよろしいですか」

新沢はよく見えない目で和馬を見上げた。

「ええ、よろしくお願いしますね」

和馬はふたつの大きな引き出物の袋を軽々と持ち上げた。

会場を出たところで、和馬に聞こえぬよう、新沢が杏樹に耳打ちをする。

「桜川さんは優しい人ね。絶対に離しちゃ駄目よ」

「はい、もう一生取《と》り憑《つ》く所存です！」

「取り憑くって……もう、本多さんはいつも面白いわねえ」

涼太と愛花に最後の挨拶をし、タクシー乗り場まで新沢を送る。

「じゃあ、新沢先生、今度またお会いしましょう！」

「二人とも今日は本当にありがとう。あなたたちの結婚式も楽しみにしているわ」

タクシーが玄関から出て行くのを見送り和馬と頷き合う。

「じゃあ、僕たちもそろそろ帰るか」

「うん、そうね……って、ちょっと待って」

先ほどから軽いと思ってはいたのだが、コサージュを落としていたのに気付く。

「ちょっと探してきていい？」

場所には心当たりがあった。恐らくバンケットルームから一階へ続く階段だ。そこで何かがパサリと落ちた音を聞いたのだ。あれがコサージュだったのだろう。

「僕も一緒に探す」

「ううん、大丈夫だから」

一人ゲストハウスに引き返す。

「ええっと、確かこの辺……」

階段を一段一段上って探したのだが見当たらない。すでに落とし物窓口に届けられているのかもしれない。

ならばとスタッフの常駐する事務所に向かおうとしたところで、「……杏樹」と声を掛けられ振り返った。

「あっ、涼太」

涼太が青ざめた顔で踊り場に立っている。手には見覚えのあるコサージュがあった。

「拾ってくれたの。ありがとう」

手を差し出したのだが涼太は返してくれない。

「涼太？」

「杏樹が桜川先生の婚約者だったなんて」

なぜ教えてくれなかったと言わんばかりの口調だった。

「ああ、うん。お見合いで紹介してもらって、トントン拍子に決まっちゃって」

まさか、涼太の取引先の一人だとは知らなかったが。

「……そうか。本当、なんだな」

涼太は大きく溜め息を吐いた。顔色は相変わらず悪かった。

「もうひとつ聞きたいことがあるんだ。……愛花が会社で不倫したって知っていたか？」

さすがにこれには口籠もるしかない。なんと答えていいのかわからなかった。

涼太は杏樹の沈黙を肯定と受け取ったのだろう。

「俺ってピエロだよな……」

疲れ切った表情なのにくつくつと笑い出す。

「結婚式の前日に匿名でメールが届いてさ……。愛花が不倫していたって……」

それも、えぐい証拠写真が添付されていたのだという。きっと不倫相手の妻の仕業だろう。

ということは、涼太はよりにもよって期待と希望に胸を膨らませ、幸福なはずのその時に新婦となる愛花の不貞を知ったのか。

「知らぬは亭主ばかりなりってことか……」

さすがの杏樹も慰めの言葉を掛けられなかった。

「りょ、涼太……」

「……俺、変なんだよな。愛花に裏切られていたって知ったら、杏樹の顔ばかり浮かんで」

何やら話の流れが怪しい。

涼太が顔を上げ、泣きそうな、縋《すが》り付《つ》くような目で杏樹を見る。

「なあ、杏樹。やり直したいなんて言わない。だけど、これからも連絡を取り」

不自然に言葉が途切れたので、杏樹はどうしたのかと首を傾げた。

涼太はその場に凍り付いたように立ち尽くしている。何気なく視線を追って振り返り、目を見開いた。

「和馬さん！」

戻ってくるのが遅いので迎えに来てくれたようだ。

「杏樹さん、どうしたんだ？　コサージュは？」

「それが……」

和馬は冷や汗を流す涼太の手元に目を落とした。

「なるほど、そういうことか」

間髪を入れず杏樹を庇うように立ちはだかる。

「……」

和馬の背で姿こそ見えないが、涼太はもう声も出ないようだ。ようやく自分が何をしでかそうとしていたのか思い知ったのだろうか。

「そのコサージュは僕の婚約者のものです。返していただけますか」

和馬の声は紳士的ですらあった。なのに、なぜか杏樹も震え上がるほどの威圧感を覚える。

「も、申し訳……」

和馬は差し出されたコサージュを受け取った。すぐに身を翻し、目を細めて杏樹を見下ろす。

「杏樹、後ろを向いて。つけるから」

「あっ、ありがとう」

戸惑いながらも背を向ける。セッティングが終わって振り返ると、もうその場に涼太の姿はなかった。

「涼太は……」

「新婦のところに戻ったんだろう」

和馬は「さあ、行こうか」と杏樹の肩を抱いた。

「今夜は僕のマンションでゆっくりしよう」


婚約して以来、杏樹はたびたび和馬のマンションに泊まっている、そのたびに荷物を持ち込んでいるので、すでに半同棲状態になっていた。基礎化粧品はもちろん、一通りの下着も揃えている。

その夜、和馬はシャワーを浴び終えたのち、半裸のままパジャマ姿の杏樹を自分の膝の上に載せた。

「ドレスもよかったけど、パジャマもよく似合っている」

和馬は杏樹が何を着ようと可愛い、可愛いと褒めてくれる。それでも聞き飽きることなどなかった。

「これ、お気に入りなの」

「……でも、脱いだ君が一番可愛い」

「ひゃっ」

どさりとベッドに横たえられ伸《の》し掛かられる。

睫毛が触れ合いそうな距離に自分だけを見つめる黒い瞳があった。もう何度も目を合わせているはずなのに、やはり心臓がドキドキしてしまう。

パジャマのボタンをひとつずつ外されるごとに、身も心も無茶苦茶にされる期待に早くも腹の奥が切なく疼いた。

たちまち生まれたままの姿にされ、広く逞しい裸の胸に囲い込まれる。まだしっとりとした前髪に乳房の頂を擽られると、「あんっ」と鼻に掛かった喘ぎ声が出た。

「杏樹は感じやすい体をしているな……」

「感じるの、は……和馬さんだから……」

「聞こえないな」

首筋に軽く噛《か》み付かれる。一瞬、狼に食い殺される錯覚がした。

だが、和馬にならの肉の最後の一片まで味わってほしいとすら思う。

「キスマークを付けたいところだけど、あれは内出血で、三日は取れないからな」

さすが医師。言い方が医学的だ。

「三日は……困っちゃう……」

さすがにボスの池上や同僚に見られたくはなかった。

「だけど、ここなら困らないだろう」

「えっ……」

胸の谷間近くの肌を吸われ「ひゃんっ」と子犬のように鳴いてしまう。痛みに近いピリピリとした快感が走った。

「いい香りがする。シャンプー？」

「わ、わからなっ……」

「それとも杏樹が持って生まれた香りか」

不意に右の胸を鷲掴《わしづか》みにされる。強く、激しく揉みしだかれ、胸を中心にして熱が瞬く間に広がった。更にがぶりと左乳房に噛み付かれ、食らわれる快感に身悶える。

続いて柔らかな肉に歯が立てられ、続いて頂を強く吸い上げられると、快感が痺れとなって首筋から脳髄を駆け抜けた。

「やぁんっ……そんなっ……」

噛《か》まれては舐《ねぶ》られ、仇のように執拗《しつよう》に責められる。たちまち両の乳首がピンと立った。

甘い拷問に喉の奥から熱い吐息が出る。

「もう濡れているな」

「……っ」

杏樹は言葉での責めにも弱い。重低音の掠れた声は耳から注ぎ込まれる媚薬だった。

足を強引に手で割り開かれる。

「あっ……」

反射的に体をずり上げ、逃げようとしてしまったのだが、すぐに腰を抱きかかえられて捉えられた。

「な……にをっ……」

腿の内側の一際柔らかな肌がざわりと粟立つ。

「ひゃんっ……」

足の間に顔を埋められているのだと気付き、背筋が羞恥心にぞくぞくした。

すでにぐちゅぐちゅに濡れていた花弁を、音を立てながら舐《な》め上げられる。

「あ、あ、あぁんっ……」

舌で秘所を責められるのは初めてで、新たな快感に身を捩って抗《あらが》う。だが、所詮は儚《はかな》い抵抗にしか過ぎない。

熱くぬるりとした舌が敏感な箇所に触れるごとに、体がビクビクと痙攣し、滾々と蜜が漏れ出る。

隘路の中のそれまで吸い出されると、きゅっと蜜口がすぼまるのを感じた。

「あっ……そん、なあ……ああっ」

なおも未知の感覚があったのかと驚くしかない。

「こんなに濡れて、杏樹はいやらしい女だな」

「ち……がっ……」

「違う？　俺は、嘘は嫌いだな」

言葉とともに今度は硬いものが花弁を割り、蜜口にズブズブと入り込む。

「ひっ……」

すぐ人差し指だと気付いてしまうのは、杏樹の体が彼のすべての指の形を覚えているからだった。

「あっ……んっ……んあっ……ダメぇっ……」

「まだ指だけなのに、これから先が耐えられるのか？」

「……っ」

そんな質問に答えられるはずがなかった。

指が隘路の中、腹の上側に向かってくっと曲がる。

「あああああっ……」

視界に火花が弾《はじ》け飛《と》び、力なく開いた唇の端から唾液が零れ落ちた。

そのまま繰り返し爪先で抉られ、快感が恐ろしくなりいやいやと首を振る。

「ああっ……和馬さっ……あっ」

内壁を引っ掻かれ両足がピンと引き攣る。

和馬も杏樹がよがり苦しんでいることなど、とうの昔にわかっているだろうに、更に指を増やして隘路に押し込んだ。まろやかな曲線を描く腰がビクリとする。

「あっ……だ、めっ……」

蜜を掻き出すような動きだった。内壁が二本の指を取り込もうとひくひくと収縮する。

「も……お……だめっ……」

「何が駄目なんだ？　言ってみろ」

「……っ」

指ではなくもっと太くて、長くて、熱いものがほしい——そんな淫乱そのもののセリフを言えるはずがなかった。

だが、和馬は束の間の躊躇も許してくれない。もっとも弱い箇所を繰り返し掻かれ、杏樹はついに陥落した。

「ほ、しいのっ……」

「何がほしいんだ」

「和馬、さんが……」

肉の楔で最奥まで貫き、自分が自分であることを忘れるまで、激しく抱いてほしい――息も絶え絶えにそう訴える。

「……いい子だ」

乱れた前髪の狭間から見え隠れする黒い瞳に情欲の炎が宿る。

不意に杏樹を責めていた二本の指がずるりと引き抜かれた。

虚《うつ》ろになった蜜口に物足りなさを覚える間もなく、指とは比べものにならない、硬く熱い雄の証がぐっとあてがわれる。

「あ……あっ」

背が弓なりに仰け反る。

ぐちゅ、ぐちゅとすぼまろうとする隘路を強引に掻き分け、肉の楔が力ずくで押し入ってくる。

「あっ……あ……ん……んあっ……」

無意識のうちに抗おうとして、和馬の二の腕に手を掛けたが、すぐに力なくシーツの上に落ちた。

「……っ」

和馬が杏樹の両足を肩に掛け、ぐっと体重を掛ける。膝が胸につき体が折り曲げられ息苦しい。

「あ……ふっ……」

息を吐くまもなく真上から貫かれた。

「ひっ……」

目を見開いたところでずるりと引き抜かれる。

「あ、ああ……和馬さっ……」

助けを求めて途切れ途切れに名前を呼ぶと、声の代わりに体内を埋める肉の楔の質量が増した。

「杏樹」

やはり噛み付くように口付けられる。

和馬は普段の生活では優しく、紳士的で、いつも杏樹を包み込んでくれるのに、ベッドの中では一匹の獣でしかなかった。

「ん……ん」

唾液を啜られ、吐息を奪われ、自分のすべてを奪い尽くされる錯覚に陥る。杏樹にはそれが女として至上の幸福に思えた。

かと思うと、腰を肉の楔が抜ける寸前まで惹かれ、再び根元まで突き入れられる。

「ああぁっ……」

子宮への鋭い衝撃にまた背筋が仰け反る。繋がる箇所からは和馬の分身に押し出された蜜が漏れ出た。

和馬は肉の楔を引き抜き、貫き、時に腰を回すようにして中を掻きまぜた。

「あっ……あっ……あっ……やぁんっ」

繰り返される甘い圧迫感と、引き抜かれ、内壁を擦られる熱い感触に背筋がゾクゾクとする。

すっかり和馬の形に慣らされ、どんな動きにも感じるようになった我が身が恐ろしくなった。

「だ……めえっ……おかしくなっちゃう……」

「なってしまえばいい。……俺はとっくに狂っているよ」

形のいい額から汗が落ち、杏樹の胸の谷間に落ちて染み込んだ。

「か、ずまさぁん……」

涙目で腕を伸ばして和馬の肩と後頭部に回す。だが、力はまったく入っていない。

「……可愛いな」

切れ長の目が細められた次の瞬間、ずんっと音を立てて最奥まで貫かれた。

「やぁあっ……」

隘路が雄を逃すまいとして、収縮してきゅうきゅうと締め付ける。

「くっ……」

黒い眉が苦しげに寄せられる。続いて獣の唸《うな》り声《ごえ》にも似た声が聞こえ、同時に体内で灼熱が弾けた。飛沫が最奥にまで達する。熱さで内側から焼け焦げてしまいそうで。杏樹は魚のように口をパクパクとさせた。

その唇を和馬がすかさずみずからのそれで塞ぐ。

「ん……ん」

最後まで狂わせたまま楽にしてくれない――その激しく強引な行為が、なんとも夜の和馬らしかった。

＊＊＊

それから約一月半後の年末、杏樹は深夜和馬と年越しデートに繰り出していた。

行き先は杏樹の希望で浅草寺《せんそうじ》。雷門《かみなりもん》前は同じ目的の大勢の人々でごった返しており、芋を洗うように混んでいる。時折ライトアップされた五重塔を見上げて心を慰めた。色鮮やかな朱色がなんとも美しい。

「一回来てみたかったの」

「ここで年越しは初めてだ」

巨大な赤提灯《あかちょうちん》の下を潜り、通りを抜けて本堂を目指す。どこもかしこも人だらけで、すぐにはぐれそうになってしまう。途中、「危ない」と声を掛けられ、手を掴まれてドキリとした。

「今日はずっと繋いでいよう」

「う、うん……」

もう互いの体の隅々まで知った仲なのに、ささやかな触れ合いで胸がキュンとした。この時がもっと続けばいいのにと願う。

しかし、いくらなんでも通りを抜け、本堂手前の宝蔵門に来るまでで二時間は長過ぎだった。この分だと本堂で初詣の参拝をする頃には0時を過ぎていそうだ。

「もうすぐ新年になっちゃうね」

残念がってようやく視界に入った本堂に目を向ける。すると和馬が杏樹の手に絡めた指に力を込めた。

「こういう年越しもいいじゃないか」

黒い瞳に見つめられると、人混みなどどうでもよくなってしまう。

「うん、そうね。終わったらおせちとお雑煮たくさん食べようね」

杏樹も手を握り返した次の瞬間、腹の底にまで届く重厚な音色が耳に届いた。

「あっ、除夜の鐘」

もうすぐ今年も終わるのかと思うと感慨深い。

本当に色々なことがあった。愛花に裏切られ、涼太に振られ、和馬と出会い、お見合いで再会し、交際０日でプロポーズされて――。

もしあの日利明に勧められた見合いを断っていれば、和馬とも再会できなかったのだと思うと縁の不思議を感じた。

除夜の鐘は一〇八ある人間の煩悩を払うために鳴らすそうだが、結局年末も年始も煩悩塗れになりそうだと苦笑する。そうつらつら考える間に三つ目の鐘が鳴り響いた。

「一回一回が結構長いね……って、ええっ⁉」

和馬の二人隣にいた、ブルゾン姿の若い男に気付き、ぎょっとして声を上げる。

「どうした？」

和馬は杏樹の視線を追い、同じように目を見開いた。

「君は……」

男も――涼太も息を呑んで杏樹たちを見つめている。

「びっくりした。涼太も来ていたの？」

「あ、ああ……」

思い掛けない事態だったのか、涼太は非常に気まずそうだ。

「あら？」

杏樹はもうひとつあることに気付いた。愛花がそばにいない。大晦日《おおみそか》は別々に過ごす予定なのだろうか。涼太はそうしたイベントは大事にするタイプだったのだが――。

一方、涼太はこの人混みでは逃げることもできないと悟ったのか、覚悟を決めた目になり、その場で和馬に向かって深々と頭を下げた。

「結婚式では奥様にご迷惑をおかけし、大変申し訳ございませんでした」

会社にどう報告してくれても構わないと続ける。

「いいや、そんなつもりはない。彼女はもう僕の婚約者なのだとわかってくれればいい。……それだけだ」

「……承知しております」

続いて杏樹に向き直り、やはり「申し訳ございませんでした」と謝る。

「俺が不甲斐なかったせいで、不愉快な思いをさせてしまいました」

涼太は杏樹を結婚式に招待しようとはさすがに考えていなかったのだという。しかし、愛花が偽名で席を確保し、当日に杏樹と和馬に名前をすり替えたのだと。

「なんだ、そうだったの」

杏樹は胸を撫で下ろした。何がなんでもマウントを取ろうとした、愛花の愚行の結果だったのだと納得する。

常識的に考えれば親も知る元カノを招待するなど有り得ない。涼太はなぜ愛花を止めなかったのかとずっとモヤモヤしていたからだ。また、なぜ波子は自分と和馬が出席すると知らなかったのかも。

涼太に未練はまったくないが、青春をともにした相手だ。人格まで疑いたくはなかった。

「それから母には俺から奥さんとの経緯を説明しておきました。だから、その件については心配しないでください」

杏樹のようないい子と別れるなど、なんて馬鹿な子なのだと罵られたそうだ。

涼太は自分がすべての泥を被り、悪者になることで、本多家と自分の家族の付き合いを維持するつもりらしかった。涼太なりの責任の取り方なのだろう。

「本当に申し訳ございませんでした。実家の母とは今後も仲良くしていただければ」

それからと言葉を続ける。

「……あんな別れ方をして本当にごめん」

顔を見るのも申し訳ないのか、ずっと頭を下げたままだ。

「愛花に裏切られて、どれだけ自分がひどいことをしたのかやっとわかった……」

「涼太、顔を上げて」

杏樹が声を掛けると、涼太は恐る恐る姿勢を正した。

「謝ってくれてありがとう。嬉しかった」

人としての涼太は嫌いにならずに済みそうだ。

「私はもう大丈夫だから。だって――」

説明する前にぐいと肩を抱き寄せられる。

「僕がいるからな」

「……」

目を丸くする涼太を前に、和馬は杏樹は自分のものだと主張するかのように、髪に軽く口付けた。

「おかげで彼女に巡り会えたよ。僕からも礼を言う」

涼太の顔がくしゃりと崩れ、泣き笑いの表情を作る。次いで闇に閉ざされた大晦日の空を仰いだ。

「はあ……失敗したなあ」

同時に、前方にたむろする人々が一気に前に移動を開始した。第一陣の初詣が終わったのだろう。

涼太は「……お先に」と告げ、器用に人混みを縫って姿を消した。

それが涼太と言葉を交わした最後になった。


後日、波子から連絡が入った。

なんと涼太と愛花が離婚したのだという。蜜月は一年どころか数ヶ月も保たなかったと。

なるほど、大晦日で一人だったのはすでに愛花と別れていたからだったのだ。

しかし、波子は悲しむどころか、ほっとしているように聞こえた。女の勘で愛花の正体を嗅ぎ取っていたのかもしれない。

しかし、二人が別れた原因は知らないようだ。

杏樹も何も言わなかった。涼太もその方がいいと判断したから話さなかったのだろうと。

波子は息子思いかつ気の強い女性なので、涼太が二股を掛けられた挙げ句、騙されて結婚に持ち込まれたと知れば、刃傷沙汰《にんじょうざた》になりかねない。

『涼太ねえ、仕事も辞めちゃったの。なんだか自信無くしたって。まあ、離婚で大変だっただろうから、しばらくゆっくりすればいいと思うのよ』

波子の話に相槌《あいづち》を打ちながら、ふと涼太が自分を鬱陶しく思ったわけがわかった。

きっと自分が好き好きと暑苦しかっただけではない。田舎者同士の恋愛ではこうして親にも筒抜けになってしまうのだから。

そう思うと涼太の所業も許せる気がした。

杏樹にはもうひとつ気になることがあった。

「あの、愛花はどうなったんでしょう」

勤め先は不倫がバレて解雇されている。慰謝料の支払いもあったのではないか。愛花に一人で対応できる経済力はないので、親が肩代わりしたのだと思われる。

『それがねえ、親御さんが迎えに来て、謝りながら連れ帰ったのよ。再教育し直しますって言っていたわねえ』

なるほど、予想通りらしい。

それにしても、愛花は一体何をしたかったのかが今でもわからない。

友人を裏切り、恋人を裏切り、両親の期待まで裏切って、手に入れたいものは果たしてなんだったのか——杏樹には永遠にわかりそうになかった。

第四章　うれしはずかし新妻日記

翌年の風薫る初夏の五月、杏樹は和馬と結婚した。

杏樹と双方の両親の希望で挙式は明治神宮での神前式。

黒留め袖の母に手を引かれながら、差し出された唐紅《からくれない》の和傘の下を、白無垢《しろむく》姿でしずしず歩いて行く。すると外国人観光客から「ビューティフル！」「コングラチュレーション！」と歓声が上がった。

ビューティフルなどと賛美されるのは、まさに生まれて初めてで感動する。恐らくこれが最後にもなるのだろうが。

なお、両親や親戚のおじさん、おばさんから、タヌキのように可愛いと撫で繰り回されたことは何度もあった。

和風美人気分を堪能したのち、挙式会場の奉賽殿に入る。

儀式のために灯籠がいくつも灯《とも》されている。

両側にずらりと並んだ列席者用の椅子の向こうには祭壇が設けられていた。いつもは下ろされている御簾《みす》は上げられている。

ピリリと空気が引き締まっている。

たった一度しかない挙式なので、失敗は許されないと思うと緊張に震えた。

杏樹は本番で張り切りすぎてドジを踏むタイプだ。

今回もそうなりはしないかと不安に思っていたところに、羽織袴《はおりはかま》姿の和馬が姿を現した。

ほうと溜め息を吐いて見惚《みほ》れてしまう。

黒の紋付きの羽織が見上げるほどの長身痩躯を引き締め、引き立てている。長着もその足の長さを隠し切れてはいなかった。

「和馬さん、素敵……」

和馬がふと微笑んで杏樹を見下ろす。

「杏樹も綺麗だ」

さすが和馬、女心――というよりは杏樹をよくわかっている。今日だけは可愛いよりも綺麗だと言ってほしかったのだ。

我ながら単純だと呆れつつ、その一言で緊張が解け、何もかもうまくいきそうだと思える。

実際、挙式は無事終了し、名実ともに二人は夫婦となった。

籍はすでに年始に入れていたが、神様の前で夫婦の契りを交わすと、二度と後戻りができない気がするから不思議だった。もっとも戻る気は一切ないのだが。

披露宴は明治神宮外苑《がいえん》内の明治記念館で執り行われた。

ここではお色直しをしてウェディングドレスに着替える。

ドレスはサテン地のスカートのプリンセスラインで、アラベスク柄をスパンコールで描いたレースがあしらわれている。

ドレープの入ったロールカラーは、杏樹が自分の体で唯一自信のあるデコルテを、より美しく輝かせて見せていた。

この日のためにジムで体を引き締め、エステで肌を磨いてきたのだ。今日だけは世界で一番美しい自信があった。

一方、和馬はシルバーのタキシードだ。紋付き袴では凛々しさが強調されていたが、洋装になると洗練された大人の印象が強くなる。

これまた高砂席で惚けて見つめてしまい、披露宴の途中、司会に小声で注意されてしまった。

「新婦様、皆様ご注目されておりますので、なるべく視線は会場内に……」

「あっ、ごめんなさい」

いけない、いけないと苦笑しつつ、あらためて会場内の顔ぶれを確認する。

爽やかなイメージを演出するために、テーブルクロスやフラワーアレンジメント、席札やメニューは淡い青で統一されている。

その中でも一際目立つ女性が主賓用のテーブル席に腰を下ろしていた。

年齢は二十代半ばから後半に見える。ダークブラウンの髪を丁寧に結い上げ、三つ紋の紫色の色留め袖がよく似合っている。

ぱっと目を引く華やかな顔立ちで、スタイルもよさそうなので和装でも洋装でもなんなく着こなせそうだ。

匂い立つような色気もあり、同性の杏樹でも綺麗な人だと見惚れてしまった。女優やモデルだと紹介されても頷いてしまいそうだ。

今日の本多家の主賓はもちろん和馬の大学時代の恩師でもある利明だ。その利明と同じテーブル席と言うことは妻の十和子《とわこ》なのだろう。

二回り年が離れていると聞いてはいたが、自分のボスはこれほどの美女と結婚したのかと舌を巻いた。

十分後、それぞれの主賓の挨拶が終わる。最後に、和馬の先輩医師が乾杯の音頭を取った。

「それでは、乾杯！」

グラスが合わさる音と同時に、会場内がたちまちリラックスした雰囲気になる。

杏樹は食事もそこそこに席を立ち、招待客らに挨拶をして回った。桜川家の主賓に礼を述べたのち、続いて利明たちのテーブル席に向かう。

「先生、今日はスピーチを引き受けて下さってありがとうございます」

「構わないよ。いやあ、嬉しいねえ。まさかこんなにとんとんと話が進むとは。いやね、君たちは合いそうだとは思っていたんだよ。趣味が同じ釣りだったからね」

「本当にありがとうございます。先生の紹介がなければ、きっと杏樹さんと再会できなかったと思います」

「再会？」

利明が不思議そうに首を傾げる。

「君たち、どこかで会ったのかい？」

杏樹と和馬は顔を見合わせて微笑み合った。

「それは、二人だけの秘密です」

「あはは、そうか、そうか。これは一本取られたな」

杏樹はワインのボトルを差し出した。

「ささ、先生どうぞ。今日はどんどん飲んでください。先生の好きな銘柄のワイン、全部揃えておきましたから」

「さすが気が利くねえ」

ワインを呷り上機嫌の利明をよそに、十和子は無言でワインを飲んでいる。

楽しんでいるようには見えない。料理が口に合わなかったのだろうか。

杏樹は美女とは無表情でも美女なのだと感心しつつ、なんとかゴマをすろうと声を掛けた。

何せ恩人でもある上司の妻だ。今後の付き合いもあるので、印象をよくしておきたい。

「奥様、あらためましてご挨拶させていただきます。このたび桜川の妻となりました杏樹と申します。妻としても社会人としても未熟者なので、これからどうぞご指導いただければ……」

不意に十和子が顔を上げる。

杏樹はその顔を見てドキリとした。濃いマスカラの塗られた睫毛に縁取られた目が、敵意を込めて自分を睨み付けていたからだ。

十和子とは控え室での挨拶が初対面で、その際も失言した覚えもなければ無礼を働いてもいない。なぜこのような目をされねばならないのかがわからなかった。

だが、その表情はほんの束の間だった。杏樹が戸惑い、数度瞬《まばた》きすると、十和子は愛想のよい微笑みを浮かべていた。

「こちらこそ丁寧な挨拶をありがとう。杏樹さんのこと、夫からよく話を聞いているわ」

「えっ、先生何を言ったんですか」

「褒めてしかいないよ」

「――元気が取り柄だってね」

一瞬、空気が凍り付いた。その言い方では元気以外にいいところが何もないように聞こえる。

だが、ここは祝いの席なのだ。利明の妻ともあろう女性が嫌味《いやみ》を口にするはずがない。

だから、杏樹は十和子独特の言葉の綾か、言い間違いだろうと心の中で頷いた。

「その通りなんです。和馬さんもそんなところがいいって」

和馬も笑いながら頷いてくれた。

「三十路《みそじ》も過ぎますと疲れることも増えますが、そんな時彼女の笑顔に支えてもらっています」

「最近の若い者同士は言葉を惜しまないねえ」

この時杏樹は利明と笑い合っていたので気付かなかった。十和子の美しい黒い瞳が再び自分を見据えていることに――。

＊＊＊

和馬は医師の中でも非常に責任感が強く、常に患者や医療の今後を考えているタイプの医師だ。

だから、杏樹は新婚旅行はなしか、行くとしても一、二泊の国内旅行で済ませるつもりだった。

脳裏に仕事がちらついた状態では、一週間以上を要する海外旅行など楽しめないだろうと踏んだのだ。

ところが、和馬自身がせっかくなのだからと海外旅行を提案してくれた。

「杏樹さんはまだ海外に行ったことないんだろう？」

「はい。だけど、和馬さんのお仕事が……」

黒い瞳に杏樹だけが見ることのできる甘い光が瞬く。

「一生に一度なんだ。甘えてくれると嬉しい」

もう何度もデートし、ベッドをともにしているはずなのに、毎度この笑顔にドキリとしてしまう。

和馬のイケメンっぷりにはいつまで経っても慣れそうになかった。

結局、新婚旅行先はずっと行ってみたかったカナダになり、景色や川下りのボートに乗っての釣りを楽しんだ。もちろん、ホテルでの熱い初夜――いや初朝も。

――和馬が取ってくれたホテルの部屋からは、カーテンを開けると流れ落ちるナイアガラの滝を堪能することができた。

特に、滝ごとライトアップされる風景が素晴らしかった。

青、赤、黄、紫、緑と様々な色に水の色が変わり、ファンタジーの世界に迷い込んだような錯覚に囚《とら》われる。

あまりに美しく「わあ、すごい」と見惚れる間に、せっかくの夜が終わってしまったのだから間抜けだった。

だから、今度は朝、虹のかかる滝を眺めながらリベンジしようと誓ったのだ。

「朝からするって新鮮な気分だな」

「……なんだか虹に見られているみたい」

「それはそれで燃えるだろう？　今朝は初めて寝る気分でやろう」

「初めて寝る？」

「そう、俺たちが再会したあの日みたいに」

和馬に不意に腰を攫《さら》われる。気がつくとベッドに押し倒され、手をシーツに縫い留められていた。

「ひゃっ」

ちゅっと音を立てて首筋に口付けられる。くすぐったさに身悶える間にガウンの腰帯をするりと外された。

ふるりと豊かな乳房がまろび出る。肌が一瞬ざわりと粟立った。

「……っ」

和馬の視線が目で体の線を辿っているのを感じる。首筋から胸、胸から腹、腹から腿へと――。

かっと羞恥心で全身が熱くなる。

肉食獣のような視線で射貫かれ、今にも逃げ出したくなるのに、体が和馬の視線になぞられたところから熱を持つ。

「綺麗だ」

それでも、大きな手の平と肌に吹きかけられた吐息の熱さには敵《かな》わなかった。

左胸をぐっと捕まれやわやわと揉み込まれる。

「あっ……」

体の熱がその箇所に集中した。

肌はピリピリとしてすでに敏感になっている。

喘ぎ声を上げる間もなく右の乳房も包み込まれた。指先が柔らかな肉に食い込み、その軽い痛みが熱を起こす。

強く、弱く、緩急をつけて愛撫される間に徐々に呼吸が乱れ、喉の奥から一際熱い息が吐き出される。

「ん……ふ」

胸の頂をふたつ同時に捏ね回されると、乳房の中で熱が凝《こご》って芯ができた気がした。

「……は……ん。あっ……ふ」

思考が和馬の黒い瞳の奥に浮かぶ、欲情の炎と同じ色に塗り潰されていく。

大きな目は絶え間ない刺激に耐えられずに潤み、頬は乳首と同じほのかなピンクに。

小さなぷっくりした唇は喘ぐように開いて、なよやかな女体をより扇情的に見せていた。

「杏樹……」

その唇を和馬が頬を傾けいささか強引に塞ぐ。

「んっ……」

吹き込まれる吐息が焼け焦げそうに熱い。

頭がくらくらし、体が更に熱を持つ。舌で歯茎をざらりとなぞられ、こじ開けられ、舌先を吸われると肌全体がまたピリピリとした。

「ん……ふ……ん……はっ」

和馬は唇を離し、束の間、杏樹に息を吸う間を与えたかと思うと、また口付けそれを奪った。

思いを注ぎ込むように見つめられ、何か言おうとしたのだが、快感に意識が溶けかけ、ろくに言葉が出てこない。

その間にまた口付けられ、更に両の乳房を揉み込まれた。

「……っ」

触れられているのは唇と胸なのに、腹の奥にどんどん熱が溜《た》まっていく。それにより溶かされた子宮の一部がじわりと足の狭間を濡らした。

「あ……あっ……いぃ」

「……そうか。気持ちいいか」

杏樹を見下ろす黒い瞳には欲情と劣情が燃えている。和馬も熱いのかうっすら形のいい額が汗ばんでいた。

「……君は俺のものだ」

今度はワントーン低い声で「俺だけのものだ」と囁かれ背筋がぞくぞくとする。

それも右の乳房に吸い付かれた際の劇的な感覚には敵わなかった。

「……っ！　やぁんっ……」

思わず和馬の黒髪に手を埋める。なんとか引《ひ》き剥《は》がそうとしたのだが、手が震えて力が入らない。

儚い抵抗は束の間の時間稼ぎにすらならなかった。

「あ……ん……あんっ」

ちゅっちゅっと濡れた音を立てて吸われ、その響きが全身を震わせる。

「やっ……そんなのっ……」

体中の熱を吸い出される錯覚に陥った。

「か、ずまさっ……」

名前を呼びきる前にピンと立った乳首に歯を立てられ、悲鳴にも似た嬌声《きょうせい》を上げてしまう。

「む……りぃ……」

シーツに涙を散らしながらいやいやと首を横に振る。

切れ長の目が呆れたように、愛おしそうにわずかに細められた。

「……やっぱり可愛いな」

「だ、ってぇ……あっ」

力ない言い訳が途切れ、目が更に大きく見開かれる。

弛緩《しかん》して開かれた足の狭間に、杏樹をさんざん弄った手が滑り込んだからだ。

「……っ」

花弁をつぅとなぞられただけで快感が腹の奥から脳髄にまで突き抜ける。

「あっ……あっ……こんなっ……」

犬のように音を立てて繰り返し息を吐き出す。

「杏樹、俺の名を呼んで」

「……っ」

杏樹はまた涙目で首を横に振ったものの、今度は花心を軽く爪先で引っ掻いて剥《む》かれ、強烈な刺激にわずかに残っていた意志が弾け飛んでしまった。

快感に白い足が引き攣り爪先がピンと伸びる。

「あっ……うっ……んあっ」

和馬がもう一度命じる。

「……俺の名を呼んでみろ」

杏樹はついに陥落し、息も絶え絶えになりながら、やっとの思いで声を絞り出した。

「和馬……さ……あん……」

大きな手が頬に零れ落ちた涙を拭う。

「……いい子だ、杏樹」

その口調が甘く優しかったので、一瞬ほっとしてしまったのが間違いだった。

長い指がぷっくりと赤く腫れた秘所を再び弄り始める。

「ん……んんっ……ひゃんっ」

鼻に掛かった嬌声が上がる。

二本の指が媚肉の花弁を押し開いたかと思うと、熱を帯びた蜜でぐちゅぐちゅになったそこに、うち一本が入り込んできたからだ。

「あっ……んっ……」

中を探られる感覚にぶるりと身を震わせる。

「……っ」

第一関節まで差し込まれると、異物感と圧迫感に声を失った。中で指が動くたびに腰が痙攣する。

「……あっ」

内壁を指先で繰り返し擦られ思わず首を横に向ける。また涙が零れ落ち熱に染まった頬に跡を残した。

「んっ……あっ……あ……」

意識しているわけではないのに、隘路が和馬の指を締め付け、内壁を蠢かせてより深くに導こうとする。

和馬に体を作り替えられ、すっかり淫らになってしまった——杏樹は自分の肉体のいやらしさに涙した。

そんな羞恥心すら今は媚薬でしかない。

腹の奥から熱い蜜が滴り落ち、和馬の指を伝ってシーツを濡らす。

「杏樹は体も素直だな。ほら、ここが好きだろう」

不意にぐっと第二関節まで押し入られる。

「あっ……」

続いて隘路の腹側のざらりとしたそこを指先で押し上げられ、爪で小突かれると、嗄ぶような吐息が漏れ出た。下半身に電流にも似た痺れが走る。

「んふっ……」

視界にぱっと火花が散った。

「あ……だ、め……そこっ……」

駄目だと哀願しているのに、和馬はより執拗にその箇所を責める。

「あ……あっ」

もはや声が声にならず、代わって漏れ出た唾液が唇を濡らした。

「溶け、ちゃう……。駄目に、なっちゃう……。……ああっ」

杏樹が身を捩らせるごとに豊かに実った乳房がふるふると揺れる。両の乳首は刺激と興奮にピンと立ち、うっすら汗が浮かんだその肌は妖艶だった。

「……」

和馬は杏樹が乱れる様を食い入るように見下ろしていたが、やがて一気に指を引き抜き纏《まと》わり付《つ》いた蜜を舐めた。

「あんっ」

杏樹の体が弓なりに仰け反る。

快感に耐え切れなくなりそうで、早く終わってほしいと願っていたはずなのに、隘路が空洞になると物足りなさを覚えた。

そんな淫らな自分が恥ずかしくて、また目に涙が浮かんですすり泣きそうになってしまう。

だが、その涙もすぐに止まった。

和馬もガウンを脱ぎ捨てたからだ。

足の狭間にある雄の証はすでにいきり立っており、もう何度も見ているはずなのに、赤黒い狂器のようにも見えて慄いてしまう。

和馬は杏樹の心境に構うことなく、まろやかな両足を抱え上げ、潤んだ蜜口に雄の凶器を宛《あて》がった。

「あ、あ……熱い……」

無意識のうちに体を上にずらして逃れようとしたが、下半身を押さえ込まれているのでそれも叶《かな》わない。

和馬がぐっと腰を押し込む。

「……あ！」

背が仰け反り白い喉元が苦しい呼吸に上下する。

限界にまで熱されたすりこぎと錯覚しそうなそれは、途中で止まることも速度を落とすこともなく、とどめを刺すように一気に杏樹の最奥に押し入った。

「あ……あっ」

力尽くで内臓を押し上げられ、その衝撃を逃そうとして、小刻みに熱い息を吐き出す。

「あっ……はっ……」

女体を征服した興奮に燃える黒い瞳が杏樹を見下ろす。

「……君の中に俺がいるのがわかるか」

「……っ」

ひたすら息を荒らげるだけで、答えられるはずがなかった。

和馬は杏樹の更に奥深くへおのれの分身を押し込みながら、その涙を啜り、頬と顎に口付け、最後に蜜と唾液に濡れた唇を重ね合わせた。

「ん……んっ」

体内で和馬の雄の証が脈打っているのを感じる。新婚旅行先の朝にしてはあまりに生々しい感触だった。

直後にずんと突き上げられ息を呑む。衝撃で心臓が止まってしまうかと思った。体内を貫く肉の凶器の、敵うはずもない攻撃力にわなわなと体が震える。

「和馬、さ」

――熱い。

息も絶え絶えにそう訴えようとしたのだが、今度は蜜口近くまでずるりと引き抜かれて身悶えた。

「ひっ……」

再び間髪を容れずに貫かれて悲鳴とも、嬌声ともつかぬ声を上げる。

「杏樹、君の体は、熱い……」

隘路の内壁の襞《ひだ》が妖しく蠢いて纏わり付き、自分を逃すまいとしていると和馬は呟いた。

「淫らな体だ」

「そ……んなぁっ……」

反論しようとしてまた腰を引かれ、媚肉を擦られる感覚に身を仰け反らせる。

「あっ……あっ……ああっ」

救いを求め、震える手で和馬の二の腕と肩に縋り付く。

だが、和馬はそんな哀れな杏樹を救うどころかより激しく苛《さいな》んだ。

「君のすべてを……食らい尽くしたい」

「あ……ふ……やあっ」

和馬が狼と化し、自分は兎《うさぎ》となり鋭い牙に串刺しにされ、肉も、骨も、血の一滴まで貪られる錯覚に囚われた。

なのに、逃げ出したいとは思わない。恐れを覚えるほど衝撃的な快感に身を任せてしまう。

腹の奥からは絶え間なく滾々と蜜が溢れ、杏樹の体内に出入りする赤黒い凶器に纏わり付き、ぐちゅぐちゅと粘り気のある音を立てる。そこにベッドが軋《きし》む音が重なった。

「あっ……あ……ああっ、和馬、さっ……」

下半身が熱い。火を付けられたのではないかと疑いすらした。

内股と足の爪先はピクピクと痙攣し、和馬に与えられる快感以外覚えなくなっている。

「杏樹……」

名を呼びながら胸元に口付けられ、強く吸われる。胸元だけではなく首筋にも、肩にも、赤い痕が次々と白い肌に刻印されていった。

形のいい額から落ちた汗が杏樹の胸の谷間につぅと流れ落ちる。

その滴もすぐに和馬が杏樹に伸し掛かり、腰をぐっと押し込みながら胸板で乳房を押し潰したことで弾け、その後繰り返された抽挿の動きにより双方の肌に擦り込まれていった。

最奥を抉られるごとに背が弓なりに仰け反る。いやいやと首を横に振ると目に溜まった涙が飛び散った。

「杏樹……」

和馬がツートーン低い声で呻く。

直後に、今までにないほどの深さにまで貫かれ、二度小突かれたかと思うと、体の奥で熱くどろりとした飛沫が注入されるのを感じた。

体内を焼き焦がさんばかりの熱さに肩がぶるりと震える。

「あ、つい……」

熱に浮かされて呟く。

「あつい……あつい……」

虚ろな目でおのれを見上げる杏樹の弛緩した体を、和馬は息も止まるほど深く、強く抱き締めた。

もう二度と放さないとでも言うかのように。

こうして海外での一週間はあっという間に終わり、いよいよ和馬の暮らすマンションに引っ越し、新婚生活を始めることになったのだが――。

＊＊＊

世間でもよく知られているように医師は多忙だ。三十時間以上連続しての労働が珍しくない。オンコール対応もしょっちゅうで、土日が丸ごと潰れることもままある。

だからこそなのか、和馬は休日には杏樹との時間を大切にしてくれた。

新婚三ケ月目の真夏の週末、杏樹と和馬は久々の夫婦デートで横浜中華街を楽しんだのち、自宅マンションで一週間ぶりにベッドイン。二人にとっては久々だったからか大いに盛り上がった。

「じゃじゃーん！」

杏樹は元気な擬音とともにベッドルームのドアを開けた。ベッドに腰を下ろした和馬に向かってポーズを取ってみせる。

「どう？　似合う？」

中華街で買ったロング丈のチャイナドレス姿をお披露目する。スリットが大胆に腿近くまで入っていた。

和馬もやはり中華街でふざけて購入した、中華風のシルクのガウンを身に纏っている。深い海のような瑠璃色の生地がよく似合っていた。

「うん、いいな。杏樹さんには赤が似合う」

「でしょう？」

杏樹が隣に腰を下ろすが早いか、和馬は素早くその腰をさらった。

「きゃっ」

膝の上に乗せ頬に口付ける。

「知っていた？　赤は食欲を増進させるんだ」

「そうなの？」

「ああ。血圧や脈拍数が上昇し、体温も上がる。食欲と性欲って似ているよな」

背に手を回しファスナーを下ろす。

肩からチャイナドレスを脱がされ、裸の肩が剥き出しになると、肌寒いのに体がカッと熱くなるのを感じた。

「……確かに、そうかも」

「だろう？」

和馬は微笑みながらチャイナドレスをずり下ろした。張りのある豊かな乳房がふるりとまろび出る。

「下着、着けていなかったのか」

「う、うん。和馬さん、面倒かなって思って……あっ」

右の乳房を鷲掴みにされ、少々乱暴に揉み込まれる。爪の切《き》り揃《そろ》えられた指先が柔肉に食い込んだ。

「面倒なことなんてあるものか。ひとつひとつ脱がしていくのも好きだ」

「あっ……じゃあ、今度は着け……やんっ」

今度は左乳房に林檎《りんご》のように齧《かじ》り付かれて身悶える。

「もちろん、このスタイルも好き」

「もう……んんっ」

どっちにすればいいのかと、抗議しようとしたところで唇を塞がれた。

「んっ……」

ぬるりと熱い舌が口内を舐め回す。更に喉の奥までぐっと押し入られると、呼吸が乱れて息苦しいはずなのに、背筋から快感の予感がぞくぞくと這《は》い上《あが》ってきた。

「ん……ふ……」

和馬にキスされるといつもこうだ。痛みや苦しさすら快感に変換される。もっともっと激しく責めてほしいと身も心も望んでしまう。

「……エロい目、してるな」

黒い瞳に欲望の炎が燃え上がる。

和馬はガウンの帯をするりと外すと、杏樹の背後に回ってその目を覆い隠した。

杏樹は後頭部で紐《ひも》の端が結ばれるのを感じながら、なぜ視界を遮るのかと戸惑った。和馬の意図が把握できない。

和馬はそんな杏樹の耳元にふっと熱い息を吹きかけた。ゾクゾクとした感覚が背筋を這い上がり、肌がざわりと泡立つ。

「ひゃんっ……」

「今夜は何も見ないで、俺だけを感じていて」

「えっ……」

答える間もなく再びベッドに押し倒され、俯《うつぶ》せにされた。

「な……にをっ……あっ」

腰を持ち上げられ、バランスを取るために、反射的に四《よ》つん這《ば》いになる。こんな姿勢で抱かれるのは初めてだった。

羞恥心で体温が更にぐんと上がる。心とは裏腹に体は責められる期待にぶるりと震え、すでに花弁は分泌された蜜で濡れていた。

不意に尻に長い指の爪先が食い込み、チクチクした何かが触れる。次いでぬるりとした何かが蜜口を弄った。

「や……あっ」

覚えのある感覚に身悶える。

和馬の舌と前髪だ。尻に顔を埋めて口で嬲《なぶ》っている。

「こんな……ことっ」

前髪の刺激で肌が痒《かゆ》くなったが、手を動かすと倒れそうなので掻けない。

その間にも和馬の舌は杏樹の体の隅々まで味わい尽くさんと、ピチャピチャと音を立てて蜜を啜り、時には中に押し入って掻き出した。

「あ……あっ」

花弁に舌先で蜜を塗り込められ、元々熱かった秘所が更に熱を持つ。

杏樹は痒みと快感に耐え切れずに腰をくねらせ、なんとか逃れようとしたが、すぐに力強い手に引き戻されてしまった。

「あ……うぅ……あっ……やぁんっ」

押し込まれていた舌がずるりと引き抜かれると、排泄《はいせつ》に似た感覚に襲われ、漏らしていないかと不安になる。栓を抜かれて蜜が漏れ出てくるのでなおさらだった。

「あっ……だ、めえ……。漏らしちゃう……」

不安を言葉にした途端、また急激に体温が上昇する。

続いて舌の代わりにかたい指を深々と押し込まれると、出したいのか、入れてほしいのか、どちらかわからなくなり混乱した。

「あっ……やぁっ……」

「何が嫌なんだ」

「……っ。嫌、なんじゃなくてっ……」

緩急を付けて抜き差しされ、時折ぐっと内壁の上側のある箇所を押される。

「ひ……あぁ……」

その箇所から電流が走り、背筋から首筋、首筋から脳髄を駆け抜けていく。隘路と子宮がドクンドクンと音を立てて脈打っている錯覚がした。

涎《よだれ》が煌《きら》めく糸を引きながら、シーツの上に落ちてシミを作る。滑らかな曲線を描いた腿がガクガクと震えた。

「も、もう……やぁんっ」

爪先でぐっと同じ箇所を抉られる。白くなりつつある視界に火花が散った。

「か、ずまさ……私……もう……」

「何を言っているんだ。本番はこれからだろう」

重低音の声が更にワントーン低くなっている。

和馬が本気になったのだと気付いた次の瞬間、かたく熱い雄の欲望がすでにぐちゅぐちゅになった蜜口に押し当てられた。

「まっ……」

そこから先は言葉にならなかった。

肉の楔が容赦なくぐいぐいと押し入ってくる。

「ん……あっ……あ、ああっ……」

杏樹は涙を流しながらその圧迫感に耐えた。

「ほら、全部入った」

「……っ」

背後での交わりは和馬の肉の楔の太さ、長さ、硬さをいつもよりありありと感じさせた。隘路がみっしりと埋められ隙間がない。

「う……あ……」

繋がる箇所がひりひりとする。

「……きついな」

熱っぽい一言が吐き出される。

「君の体は……たまらない」

和馬はそう呟きながら腰を一気に引いた。

「ひっ……」

全身の肌だけではなく、隘路の内壁まで粟立つ感覚があった。

「やぁぁ……」

悲鳴に近い喘ぎ声を上げてしまう。

激しい喪失感に身悶える間に、今度は一気に最奥へと突き入れられ、体内から串刺しにされる。

「あぁぁ……あっ……やっ……だめぇっ……」

ガクガクと震えていた腕から力が抜け落ち、横顔をシーツに押し当てる体勢になってしまう。息苦しかったがもうどうすることもできなかった。

「杏樹……」

和馬は柔らかな腰を抱え直すと、劣情に任せて杏樹を犯していった。繋がる箇所からぐちゅぐちゅと卑猥《ひわい》な音が立つ。

「あっ……あっ……ひあぁっ……あぁっ」

時折わざとタイミングをずらして最奥を抉られ、そのたびに杏樹は涙を流して悲鳴とも嬌声ともつかぬ声を上げた。

「こ……んな……こんなの……」

和馬から与えられる快感は底なしの沼にも似ていた。溺れ、強引に引きずり込まれてしまう。

「あ、あぁ……あっ……またぁ……」

体内でドクンドクンと脈打つ物体が、自分の子宮なのか和馬の肉の楔なのかもわからない。

その熱に意識が朦朧《もうろう》とすると、雄の証をずるりと引き抜かれ、再び奥まで突き入れられて引き戻された。

「ん……はっ……あ、あぁ……そんなぁっ……」

語彙すら快感に奪われ、自分が何を言っているのかも把握できない。

肉の楔の先端で最奥をぐりぐりとされると、また意識がパンと弾け飛んだ。

「おかしく……おかしく……なっちゃうぅ……」

「煽《あお》るなよ……」

和馬の腰の動きが更に激しくなった。呼吸が追い詰められたように荒くなっている。

「あっ……あっ……だ……め……い……や……ああっ」

背に熱い吐息を吹きかけられ、更にその上に汗が落ちる。表皮も体内も和馬に征服される感覚に全身がガクガクと震えた。

「やあぁぁぁぁ……」

一際甲高い嬌声が室内に響き渡った次の瞬間、杏樹は隘路がきゅうっと収縮するのを感じた。和馬の分身を逃すまいとするかのように。

「あ……あっ……」

和馬が低く呻き、次いで大きく息を吐く。灼熱の欲望が隘路の最奥に叩き付けられ、子宮に情け容赦なく染み込んでいった。

和馬は最後の一滴まで注ぎ込まんと、杏樹の腰を爪が食い入るほど強く掴んで離さなかった。

和馬と激しく愛し合った翌朝が杏樹は好きだ。なぜなら、その無防備な寝顔を愛《め》でることができる。

午前五時半――日はすでに昇り、番と思しき小鳥が囀っていた。爽やかな朝の光がカーテンの隙間から差し込んでくる。

「和馬さーん」

覆《おお》い被《かぶ》さるようにして和馬の顔を覗き込み、耳にふっと息を吹きかけてみたがまだ起きる気配はない。

「ふふ」

夜は獣のように獰猛《どうもう》なのに、朝のこの顔はあどけなさすらある。自分だけがこの顔を見られるのだと思うと胸がキュンとときめいた。

「さて、コーヒーを淹れて……」

体を起こそうとしたところで、不意にぐいと腕を引かれる。

「きゃっ」

和馬は杏樹を抱き寄せ裸の胸に抱き締めた。

「か、和馬さん!?」

もう起きていたのかと焦る。

てっきりドッキリを仕掛けられたのかと思いきや、和馬はまだすうすう寝息を立てていたので笑ってしまった。

「……もう」

夢を見ているのだろうか。どのような内容かと首を傾げていると、薄い唇がわずかに開いた。

「……杏樹」

和馬は確かに寝言でそう呟いた。手に力を込め杏樹をより深く抱き締める。

「和馬さん……」

夢でも自分を求め、呼んでくれているのかと思うと、胸が多幸感で一杯になった。

幸いまだ起床まで時間はある。和馬の力強く脈打つ心臓の鼓動を聞いていると、それが子守歌となって再び眠りの波に意識を飲まれていった。

どうか同じ夢の世界へ行けますように——そう願いながら杏樹は瞼《まぶた》を閉じ、見事に和馬ともども寝過ごす羽目になった。

「きゃーっ！　遅れる！」

朝食を取る時間がないので、コーヒーを流し込んで着替えを済ませる。

「ゴミ、持っていくよ」

「待って、今日は私の番だから！」

二人揃って玄関ドアから飛び出し、エレベーターに飛び乗る。中には他に誰もおらず束の間のお喋りを楽しむことができた。

「和馬さん、間に合いそう？」

「ああ、多分大丈夫。杏樹さんは？」

「うん……なんとか。無遅刻無欠勤は絶対だもの」

和馬は車で、杏樹は電車での出勤だ。マンションを出ればこれから半日、和馬の仕事が長引いた場合は一日以上会えなくなる。

子どもができるまでは仕事を続けたいと希望したのは杏樹だ。

仕事とプライベートは分けたいので、旧姓を使い続けることも了承してもらっている。

自分で選んだことなのに、毎朝こうしてそれぞれの勤務先に向かう途中、どうしても別れたがたくなってしまう。

「どうした？」

「……なんでもない」

さすがの杏樹もちょっと会えないくらいで寂しいとは言い辛かった。

「……杏樹さん」

「うん、なぁに？」

いつものように名前を呼ばれ、和馬を見上げて目を見開く。不意にキスが降ってきたからだ。

「か、和馬さん？」

和馬はにっと笑って自分の唇を指差した。

「行ってきますの挨拶。杏樹さんもしてくれるだろう？」

「……」

答えの代わりに頬を染め、和馬の首に手を回して口付ける。和馬もそれに答えて杏樹の背に手を回した。

「また一週間頑張ろうな」

「……うん。また週末にはたくさんエッチしようね」

エレベーターが地上階に到着しドアを開ける。互いに名残惜しすぎたからか、離れるタイミングを逃してしまった。

「あっ」

慌ててぱっと離れたがもう遅い。

向こう側でお隣の池田《いけだ》さんの奥さんが目を見開いて立っていた。

五十代の上品な夫婦で、子どもが独立したので、数十年ぶりの二人暮らしを楽しんでいると聞いている。

しまった。朝っぱらからイチャイチャして、今時の若いモンはと呆れられるかもしれない——と思いきや、池田さんは「まあまああ！」とニヤニヤと笑った。

「仲がいいわねえ。私たちの若い頃を思い出すわ」

杏樹の肩をポンと叩いて「頑張ってね！」とエールを送る。

一体何を頑張れというのかと赤面しつつ、杏樹はゴミを出して和馬と別れた――。

「――ってことがあったの」

その日の昼休憩時、母から電話があったので、杏樹は朝の出来事について愚痴った。

「あ〜、もう、恥ずかしいよ。なんて思われているだろう。」

『大丈夫、新婚時代なんて皆そんなものよ。……それよりも』

母は電話の向こうでクスリと笑った。

『和馬さん、いい人そうね』

「……うん」

『お母さん、初めちょっと心配しちゃったのよねえ。まさか、あんな上玉捕まえると思ってなかったから。結婚詐欺じゃないかって心配しちゃったの』

「上玉って……」

確かに、タヌキ娘が御曹司のドクターを射止めるとは、誰も予想していなかっただろう。杏樹自身さえもだ。

父や兄も結婚詐欺を疑っていた。

だが、和馬は誤解を解消しようと、挨拶のためにはるばる四国の本多家を訪れ、「杏樹さんとの結婚を許していただけないでしょうか」と畳に手をついて頭を下げてくれた。「必ず幸せにします」と約束もしてくれた。更にその後の食事会で勧められた酒を一気に飲み干したのだ。

その頃になると父も、母も、兄も、今時なかなか謙虚でしっかりした男だと、皆すっかり和馬を気に入ってしまっていた。和馬が家族と同じ酒豪だったのでなおさらだったらしい。

『こっちのことは何も気にしなくていいから、まあ二人で仲良くやりなさい。あっ、そうそう。お兄ちゃんが釣った魚、冷凍して送るからね』

「うん……ありがとう」

和馬に愛され、皆に祝福され、こんなに幸せでよいのか。夢ではないかと頬をつねる。ちゃんと痛かったので安心し、スマホをポケットに入れてクリニックに戻った。

そして、そこでボスの利明から意外な話を持ち掛けられることになる——。

「——えっ、奥様が？」

杏樹はデスクのパソコンのマウスをクリックする手を止めた。かたわらに立つ利明が杏樹を見下ろし、少々困ったように腕を組んでいる。

「うん、そうなんだよ。外で働きたいって言い出してね」

利明の妻の十和子は現在専業主婦だ。とはいえ、家事は家政婦に任せていると聞いているので、優雅な奥様生活を送っているのだろう。

「いくつか職場を紹介したんだが、どうしてもここで働きたいと言っていてね」

暇を持て余しているのだろうか。

「となると、指導員は本多さんになりそうなんだが、いいだろうか」

「はい、私は構いません」

池上クリニックに医療事務員は正社員の杏樹、パートと合わせて三人いたが、先月パートが一人辞めてしまっている。

人手不足なのでどんな形でも人員補充はありがたかった。利明の妻なら信頼もおけるだろう。

久々に十和子の名前を聞き、一瞬披露宴での敵意の込められた目を思い出したが、あれは気のせいだったのだと脳裏から振り払った。

「奥さんに医療事務の経験はあるのでしょうか？」

「就労の経験はないが、地頭はいいから問題ないと思うよ」

利明は十和子の経歴を説明してくれた。

「実は、家内も私の教え子だったんだ」

「ええっ⁉」

ということは、帝都大学の医学部出身ということか。なら、地頭がいいどころではない。偏差値は七十台なのだから。

「じゃあ、奥さんもお医者様……」

しかし、就労経験はないと聞いたような。

杏樹の疑問の視線を受けて、利明は苦笑しながら答えた。

「退学したんだよ。四年次だったかな。まあ、医者に向いていなかったんだろう」

医者の一族は子女を医学部に入れることが多い。

十和子の実家も例に漏れず開業医で、現在弟が実家のクリニックを継いでいるのだという。

「ああ、なるほど」

医師には様々な適性が必要だ。血に慣れない、人に触れるのが嫌だという理由で、中退する医学生は少ないがいる。十和子もその一人だったのだろう。

また、四年時に受ける共用試験に通らなかったり、医師国家試験に不合格だったりすることも。

とはいえ、帝都大学は九十九％が双方の試験をパスすると聞いているのだが――。

なんにせよ人にはそれぞれの事情がある。詮索するまいと決め、「じゃあ、問題ありませんね」

と頷いた。

「すぐに慣れると思いますし、私もそうなるよう頑張ります」

「ありがたいよ」

こうして杏樹は十和子を後輩として受け入れ、指導することになったのだが――。


――十和子はさすが帝都大学医学部出身だけあり、物覚えはよくミスもほとんどしなかった。

しかし、困ったところがひとつ……いや、ふたつあった。まず、何かと些細《ささい》なことでマウントを取ろうとするのだ。

パート初日、制服に身を包んだ十和子は、「これからよろしくね」と愛想のいい微笑みを浮かべた。

「はい、こちらこそよろしくお願いします」

その日一日は仕事の一通りの流れを教え、軽く手伝ってもらうだけだったのだが、途中、十和子はクスリと笑ってメモを取る手を止めた。

「どうしました？　メモが足りませんか？」

「ううん、違うの。この程度の仕事なら必要ないわ。本多さん、私が来て迷惑じゃなかった？　人手不足だなんて気を遣わなくてもいいのよ？」

「い、いいえ。迷惑だなんてことは……人手不足も本当ですよ」

その時点で嫌な感じはしたものの相手は利明の妻だ。あれほどの人格者の妻なのだから、嫌味などを口にするはずがないと自分に言い聞かせた。

しかし、昼休憩となり、二人でランチを取った際にも、十和子は同様にさり気なく杏樹を貶《おとし》めてきた。

杏樹はその日利明や同僚とよく行く、最寄り駅の駅ビル内の定食屋に十和子を案内した。そこで杏樹はハンバーグ定食を、十和子は刺身定食を頼んだ。

十和子は刺身を一口食べるなり手を止めた。

「どうしましたか？」

「ええ、ちょっとびっくりして。毎日ここで食べているの？」

「毎日というわけではないですけど……」

節約したくて弁当を持参することもあれば、今日のようにお手頃価格の外食ランチを楽しむこともある。勤め人なら皆やっていることではないだろうか。

「そう。主人も？」

「はい。先生はここの天ざるをよく頼んでいますよ」

「まあそうだったの。あの人ったら可哀想に」

「……？」

「本多さんの口には合うのかもしれないけど……」

十和子は唇の端に薄い笑みを浮かべていた。

杏樹は十和子が何を言いたいのかがわからなかった。

それでも、モヤモヤした気分にはなり、不快感が数日続いたところではっとした。目の前のテーブルに手をついて立ち上がる。

「――そう、涼太を略奪する前の愛花みたい！」

今になって気付いたのだが、愛花もたびたびマウントを取っていた。

何かと杏樹のファッションやメイクについて、アドバイスと称してダメ出しをしていたが、あの言動もその一つだったのだろう。

『杏樹の肌色はイエベ春だと思うよ。黄味《きみ》がかっているでしょう？　でも、日本人にはよくあるタイプだから気にしなくていいよ』

『へえ、肌色ってそんな風にわけるんだ』

『私はブルベ冬なの。ほら、こんな風に血管が青く透けて見える』

『ああ、そっか。色白なんだね』

今思えばあの遣り取りも自分は色白だとアピールしたかったのだろう。気付かずにヘラヘラ付き合いを続けていた自分はどれほどおめでたかったのか――。

「えっ、ちょっ、杏樹、どうしたの」

名前を呼ばれてはっと我に返る。隣の席の友人の乃亜と向かいの席の結衣が、ワイングラスを手に呆然と杏樹を見上げていた。

「あっ、ごめん。ちょっと色々言われたことを思い出して腹が立ったことがあって」

アハハと苦笑しつつ腰を下ろす。

そう、友人たちと結婚後初の飲み会をしていたのだ。

三人のお気に入りのイタリアンレストランで、目の前にはピザやパスタ、カルパッチョなどの皿が並べられている。

乃亜がグラスをテーブルに置き、「あるある」とうんうんと頷いてくれる。

「その時は嫌味を言われても気付いていなかったりするんだよね」

「気付いていても相手が相手で言い返せないこともあるし。相手が上司や先輩だとなおさらそう」

さすが学生時代からの友人。説明せずとも理解してくれるのがありがたい。

「誰にどんなことを言われたの？」

「それがね……」

日中の十和子との遣り取りがどんな内容だったのかを語る。

すると、結衣と乃亜は聞き終えるなり顔を見合わせた。

「上司の奥さんからどうして杏樹が嫌味を言われるわけ？」

「それがわからないからもっとモヤモヤしちゃって」

自分で言うのもなんだが、十和子とでは女としてのレベルに天と地ほどの差がある。もちろん自分が地の方だ。

十和子は評判の開業医のお嬢様。一方、杏樹はミカン農家出身。農家を卑下するわけではないが、世間一般の評価は十和子の実家に軍配が上がるだろう。

また、十和子は中退とはいえ帝都大学出身で、杏樹はしがない女子大卒だ。

更に、十和子は芸能人顔負けの美女だが、杏樹は家族親族友人公認のタヌキ娘である。

「私にマウント取る必要なんて全然ないのに」

「う～ん」

乃亜が首を捻る。

「奥さんと杏樹の接点って池上先生だけ？」

「うん、そう……あっ」

以前、利明が何気なく口にした一言を思い出す。

『実は、家内も私の教え子だったんだ』

そして、和馬も利明の教え子だ。

まさか、十和子は和馬と接触したことがあったのだろうか――その疑問は週明けの月曜日に早々に解消されることになった。

「家内と桜川君は同期だったのかって？　ああ、そうだよ。よく一緒にいたね」

月曜日、十和子が休みの日のことだった。本来なら出勤日だったのだが、体調が優れないとのことで休んでいる。

これも十和子の困った点だった。一週間に三日の勤務なのだが、うち一日二日は必ず休む。しかも当日の朝、利明が出勤してから連絡してくるので、正規職員の杏樹が代わりに出勤することになるので大変困った。

そのせいでスケジュールの感覚が狂っている。十和子の分も働く羽目になるので、大分疲れも溜まっていた。

「あのう、池上先生……」

始業前に声を掛けてみたものの、やはりどうも相談しづらい。十和子も本当に体調が悪いのかもしれないからだ。

結局、まったく別の、だがずっと気になっていた質問に切り替えた。

「ひょっとして、和馬さんと奥さんって同期だったんですか？　年齢、同じですよね」

利明は杏樹の質問にあっさりと頷いた。

「ああ、そうだよ。よく一緒にいたね」

「い、一緒にいたって……」

それは恋人同士だったということか。

利明は「いやいや」と首を振った。

「出世コースから外れた僕を慕ってくれる物好きが、たまたまあの二人しかいなかったというだけだよ。だから、話しやすかったんじゃないかな」

利明は帝都大学医学部の准教授だったが、次期教授選に破れたことで大学病院を辞し、この池上クリニックを開業している。

なお、和馬と十和子は利明が次期教授となり、その研究室に所属することを希望していたそうだ。気持ちはわかるのだが――。

「先生、それは……」

杏樹はあることを言いかけたものの口を噤《つぐ》んだ。

「うん、どうしたんだい？」

「……なんでもありません」

――十和子は利明を慕っていたのではなく、和馬と付き合っていたからこそ、話題を共有したくて利明のもとにいたのではないか。

だから、和馬と結婚した自分が気に入らなくて、マウントを取ろうとしている。

そんな残酷な推測を利明に言えるはずがなく、悶々《もんもん》としたまま就業時間を迎えた。

帰宅のために最寄り駅前に到着したところで、重く深い溜め息が漏れ出る。

「過去より今、未来より今、今を生きる私たち」とのコピーがある、アニメのポスターの隣の壁に背を預ける。

「私、和馬さんの、こと、何も知らないんだな……」

目の前を次々と通り過ぎていく通行人を眺めながら、和馬と出会い、結婚するまでの約一年を思い出す。

お見合いで再会するまで二度ほど和馬と遭遇していたが、どちらも五分にも満たない触れ合いでしかなかった。

その後百パーセント勢いで結婚したので、杏樹は現在の和馬しか知らない。

一人っ子であること。帝都大学医学部卒であること。両親は医師ではないが、病院を運営する母方の伯父に見込まれ、跡継ぎとなっていること――どれも社会的地位を説明するものでしかない。

人としての和馬はどのような男なのか、いつもは優しく頼り甲斐があり、ベッドの中では獣と化することくらいしかわからない。

もしもと唇を噛《か》み締《し》める。

もし以前十和子が和馬と付き合っていたのだとすれば、彼女はなぜどのような経緯で利明と結婚したのだろうか。やはり、最初から利明を慕っていたのか。

杏樹としてはそちらの方がよかった。なぜなら、十和子を相手に勝てるとは思えない。

「あ～、もう！」

いくら一人で悩んだところで答えなど出るはずもなかった。

腕時計に目を落とすとまだ午後六時半。

今夜和馬は宿直のはずなので、帰宅しても寂しく一人寝をするしかない。なら、気晴らしにアルコールを入れて、もう少し楽しい気分で眠りたかった。

友人を誘おうかとも思ったが、乃亜は結婚式で知り合い、付き合い始めた和馬の友人とデート。結衣は勤め先のデパートの催事があり多忙のはずだ。結局、お一人様で呑むしかない。

「どこがいいかな……」

スマホで適当に近隣の店を検索する。すると途中でふと、二つ隣の駅近くにあるショットバーの口コミが目に入った。

評価が高かったからではない。掲載されている外装の写真に見覚えがあったからだ。

「あっ、そうだ」

結婚前、利明、和馬と三人で飲みにいった店だ。利明の自宅から近く、常連になっていると聞いていた。

「……よし」

少々割高だったが、その分味もよかった記憶があった。

頷いてスマホをしまい、改札を通り抜ける。まさか、そのショットバーで意外な人物に出くわすとは思わずに――。


そのショットバーは裏通りの二階建てビルの二階にあった。

打ちっぱなしのコンクリート造りで、一階にはセレクトショップが、隣のビルはギャラリーとなっている。辺り一帯がモダンで洗練された雰囲気で、華美を嫌うがセンスのいい利明の好みによく合っていた。

「失礼しま～す……」とそっと黒いドアを開ける。

「いらっしゃいませ」

すでに客が五、六人入っている。

早速端のスツールに腰を下ろすと、三十代ほどのバーテンダーが注文を取りに来た。

「フルーツを使ったカクテルで、お勧めのものをお願いします。好き嫌いはありませんし、強くても大丈夫です」

「かしこまり……あっ、もしかして前もいらっしゃいませんでしたか？」

どうもこのタヌキ顔を覚えてくれていたらしい。

「はい。池上先生と夫と一緒に。池上先生は夫にとっては恩師で、私にとっては上司なんです」

「そうでしたか。どうぞゆっくりなさってください」

さすがは太っ腹ドクター。その部下というだけで、途端にバーテンダーの態度が丁寧になった。

持つべきものはコネだとうんうん頷いている間に、カクテルができあがる。

「ダブルミントモヒートです。ライムたっぷりで爽やかな一杯ですよ」

「わあ、ありがとうございます！」

現金なものでアルコールを一口体に入れただけで、酒豪の血が騒いでたちまち気力が湧いてきた。

「ん～、美味しい！　ミントで中から冷える～！」

「今日は暑いですからね。よく出ているんです」

バーテンダーとの会話を楽しみつつ、次から次へとカクテルを頼んでいく。

一時間もすると大分いい気分になっていた。とはいえ、まだほろ酔いにもなっていない。

「お強いんですね」

「アハハ、四国出身なので。一族全員、血管にアルコールが流れているんです」

二杯目のスクリュードライバーのグラスを受け取り、いざゆかんと唇を着けた時の事だった。

カランカランとドアベルが鳴り、女性の二人連れが現れたのではっとする。どちらもアラサーだろうか。

女性の一人は眼鏡に一つ結びの黒髪、ダークグレーのスーツと真面目そうな服装だ。

もう一人はノースリーブのワンピース姿で、生地やデザインからブランドものだと思われた。腕時計、ショルダーバッグ、ピアス、ネックレスも高価そうだ。

全身から勝ち組にしかないキラキラオーラが放たれており圧倒される。眼鏡の女性の存在感が掻き消されているほどだ。

だが、杏樹が言葉を失ったのは彼女が美し過ぎたからではなかった。

「お……」

「奥さん⁉」とうっかり叫びそうになり慌てて口を押さえる。

その美女は紛れもなく利明の妻である池上十和子その人だった。

「どうされました？」

「あ、い、いえ。今来た人が美人過ぎて。常連さんなんでしょうか」

このショットバーは池上家の近くにあるのだから、十和子が常連となっていても不思議ではないのだが――。

「う〜ん、僕は初めてお会いしましたね」

バーテンダーは杏樹に断り、二人に注文を取りに行った。

杏樹は左端、十和子と女性は二つ隣に腰掛けている。間に他の客もいなかったので、自分だとバレやしないかとハラハラした。

私はタヌキで、石に化けているのだと自分に言い聞かせる。

その効果があったのか、あるいは初めから存在感がなかったのか、十和子は杏樹に気付くことなく女性とお喋りを始めた。

いけないとは思いつつもつい聞き耳を立ててしまう。

「高島《たかしま》君、准教授へ昇進したそうね」

「ええ。最年少だそうよ」

杏樹は眼鏡の女性から漂う嗅ぎ覚えのあるにおいに首を傾げた。大学の医学部や病院で頻繁に使用される消毒用エタノールのにおいだった。

ということは、彼女も医療関係者なのだろうか。

「今のところ一番の出世頭よね。学生時代は冴《さ》えない貧乏人だったのに。この分だと将来教授の可能性もあるんじゃない？」

十和子の勝手な評価を聞いて眼鏡の女性の顔が曇る。

「……そんなことないわ。高島君は昔から頑張っていたじゃない」

だが、十和子は彼女の反論など聞いてはいないようだった。

「はあ……失敗したわ。主人は結局町医者で終わりそうだし」

「何を言っているの。池上先生も立派なお医者様でしょう。町のお医者様は患者さんと一番よく関わっているのよ。地域の医療には欠かせない存在よ」

「そういう問題じゃないわよ。ねえ、あなた、随分偉そうになったわね」

十和子はジロリと眼鏡の女性を睨み付けた。

「医師になったからといって女のランクまで上がったわけじゃないのよ」

まったく、聞いているだけで不愉快になる会話だった。

恐らく眼鏡の女性は十和子の帝都大学医学部時代の同級生。しかも、話からして共用試験にも医師国家試験にも合格しているようだ。

しかし、雰囲気が十和子に押されているところからして、学生時代から何かとマウントを取られていたのだろう。

現在も時折言い返してはいるが、やはり舐められている空気があった。十和子は若かった頃からこうした性格だったのかと呆れる。

そして、杏樹は涼太を略奪された経験から次のことをよく知っていた。

女はすぐにこの性格の悪さを察するが、男は気付かない。というよりは、わかっていても目を瞑《つぶ》る。それほど女の美貌と肉体は男にとって抗いがたい魅力なのだ。

利明も例に漏れず、十和子に首ったけになったから結婚したのだろう。

彼女が身に着けているブランド品はすべて利明がプレゼントしたものだ。

自分たち医療事務員が帰宅しても、休日でも、利明が夜遅くまで働いているから、そんな贅沢《ぜいたく》な暮らしができているというのに。

なのに、十和子は夫を見下している。怒りのあまり手の中のグラスを握り潰してしまいそうだった。

「〜〜っ」

一気に呷って飲み干し、「もっと強いものを！」と注文する。そうでもしなければ怒声で抗議してしまいそうだった。

杏樹は利明に返しきれないほどの恩があった。和馬を紹介してもらっただけではない。

女子大四年生の三学期、杏樹はまだ内定が取れずに追い詰められていた。そんな中、たまたま混み合ったファミレスで相席になった利明と話が弾んだ。

故郷に帰らなければならないかもしれないと現状を愚痴ったところ、なら、自分のクリニックの医療事務員になればいいと迎え入れてくれたのだ。

だから、利明の悪口を聞くと、親に対するそれと同じくらい腹が立つ。しかし、その悪口を吹聴《ふいちょう》しているのが愛妻の十和子なのだ。

せっかくアルコールで気晴らしに来たのに、悶々とした気分の代わりにイライラして帰ることになりそうだった。

その後一人二次会だとばかりに居酒屋で飲んだくれていたので、和馬との愛の巣に着いた頃にはすでに午後十時を過ぎていた。

「ただいまぁ〜」

誰もいないと知りつつ手を上げて挨拶をすると、思い掛けずに「お帰り」と返ってきたのでぎょっとした。

「えっ、和馬さん？」

和馬も先ほど帰宅したばかりだったのか、まだスーツのジャケットを脱いだだけの姿だった。

「遅かったな」

「ご、ごめ……って今日宿直じゃ」

「宿直は明日。今までどこにいたんだ？」

慌ててスマホを取り出し確認すると、和馬から着信が何件も入っていた。

「ちょっと嫌なことがあって飲んでいたの。……うっかりして連絡もせずにごめんなさい」

うっかりミスをした自己嫌悪で俯いてしまう。

「杏樹、僕は怒っていないよ」

和馬は杏樹の肩に手を置いた。

「心配していただけだ。君はこんな時いつも連絡をくれるから」

ああ、心配してくれていたのだと涙が出そうになった。

「ほら、入って。ちょうど今アイスコーヒー入れたところなんだ。もう夜だからノンカフェインにしておいた」

和馬のあとをついてダイニングに向かうと、すでにグラスが二つテーブルに置いてある。なんと優しい旦那様だと思わず拝みたくなった。

向かい合って腰を下ろし。アイスコーヒーを一口飲む。

「シャワーは浴びる？」

「うん。お酒飲んでちょっと火照っちゃったから」

「僕は病院でもう入ったからいつでもどうぞ」

和馬は杏樹が自分をチラチラ見ているのにすぐに気付いたらしい。「どうした？」と首を傾げてグラスを置いた。

「今日の杏樹さん、なんだか元気がないし、ちょっとおかしい。何かあったのか？」

「……別に何も」

まさか、十和子と関係があったのかとは聞きづらい。現在どう思っているのかも知りたかったが、勇気が出ずに口籠もってしまう。

「ならいいが……」

結局、何も言えないまま就寝時間になってしまった。

布団を捲りそっとベッドに潜り込むと、すぐに和馬が肩を抱き寄せてきた。

「か、和馬さん？」

「杏樹さん、相談したいことがあるなら遠慮しないでほしいんだ」

「え、遠慮なんか……」

「いいや、している」

肩に触れる手に力がこもる。

「僕たちはスピード婚だったから、そうなってしまうのは仕方がない。だから、これからゆっくり理解し合っていきたい。そのためには話し合わないと」

一言、一言が胸に染み入った。

「和馬さん……」

「何があったんだ？」

不意に首筋にキスされ、くすぐったさに喘ぎ声を上げてしまう。

「ひゃんっ。か、和馬さん……今夜はもう……」

「ああ、わかってる。眠りたいんだろう？　だけど、その前に話して。杏樹が元気ないのが一番嫌なんだ」

杏樹と呼び捨てになったということは、和馬は白状しなければこのまま抱くつもりなのだろう。

和馬は普段優しく紳士的だ。怒った顔をまだ一度も見たことがない。

同時に時折、特に夜になると強引に、鋭くなるので心のうちまで暴き立てられそうで怖くなる。

この分では思考を整理するどころか、身も心もぐちゃぐちゃになるまで抱かれてしまう。

危機感を覚えた杏樹は不確定な部分は省き、十和子の仕事の件についてのみ相談してみることにした。

「実は、先生の奥さんとの付き合いでどうすればいいのかわからなくて……」

「付き合い？　何があったんだ」

「う……ん。奥さん、最近三日に二日は休むの」

それで、どうしても自分、あるいはもう一人のパートさんがピンチヒッターになるしかないのだと訴える。そのせいで疲れが溜まっているとも。

「なるほどな……」

和馬は溜め息を吐いた。

「そうか。最近疲れているように見えたのはそのせいか」

今日和馬が当直だと勘違いしたように、いつもの杏樹なら有り得ないミスをするようになったので、何かあったのではないかと心配していたのだという。

「本当は正規の私が先生に言わなくちゃいけないんだけど、奥さんとなるとどうしても言い辛くて」

それまでうんうんと穏やかに話を聞いていたのに、和馬の表情が途端に消える。まったくの無表情だった。

こんな表情を見るのは初めて――いや、二度目だった。一体何を意味する表情なのかと首を傾げる。

「か、和馬さん……？」

「ああ、悪い。……そうか。それは困ったな」

和馬はいつもの笑顔に戻ると、杏樹の髪に手を埋め、「わかった」と目を細めて頷いた。

「僕から先生に言っておくよ」

杏樹はほっと胸を撫で下ろした。

和馬と利明は杏樹以上に関係が深い。利明も和馬の言葉なら受け入れてくれそうだったからだ。

やはり従業員の立場ではボスには意見しづらい。

「……ありがとう」

瞼を閉じて広い胸に身を寄せる。

ひとまず、十和子の欠勤の問題は解決しそうだ。しかし、肝心の和馬との関係はやはり聞き出せそうになかった。

第五章　お見合いの意味、結婚の意味

和馬が利明にうまく説明してくれたのだろう。以降、十和子が欠勤することはなくなった。というよりは、初めからシフトを減らしたといった方が正しい。結局パートをもう一人募集することになったのだ。

利明には「悪かったね」と謝られた。

「やはり家内は働くことに慣れていないようでね」

十和子は帝都大学を中退して以降は、他大学に入り直すことも就職することもなく、利明にプロポーズされさっさと結婚してしまったらしい。

さすが開業医のお嬢様。恋愛も、就職も、結婚も常にいっぱいいっぱいの自分とは違うと逆に感心してしまった。

いずれにせよ、十和子の顔を見ずに済むようになったのはありがたかった。

マウントを取られるのも胸がモヤモヤするが、それ以上に和馬との過去が気になってしまうからだ。

杏樹はパソコンを操作しカルテのファイルを起ち上げながら、かたわらに立ち、画面を覗き込む利明にちらりと目を向けた。

やはり利明は十和子に甘い。その希望をできるだけ叶えてやりたい——そんな思いがあらゆる言動から見て取れる。

利明は和馬と十和子の関係を疑ったことがないのだろうか。あんな美青年と伴侶が親しかったと知れば、普通心穏やかではいられないのではないか。

それとも、自分に確固たる自信があるから、一切動じることがないのかと不思議だった。

同時に、十和子もその愛情に応えてやればいいのにと思う。少なくとも、陰で利明との結婚を失敗などと抜かし、舐めた態度を取っていいはずがない。

一体、家庭ではどんな遣り取りをしているのか。きちんと主婦をしているのかと気になった。

それから間もなく二人のありのままの姿を知る機会が訪れることになる——。

＊＊＊

「——グランピング……ですか？」

杏樹は聞き慣れない単語に首を傾げた。

「ああ。キャンプをグレードアップさせた遊びらしい」

日本語で「魅惑的な」を意味するグラマラスとキャンピングの合成語なのだという。

その説明を聞いても贅沢なアウトドアとはなんなんだとさっぱり理解できなかった。

「最近の家内の趣味でね。費用は全部こちらで持つから、看護師も、事務員も、正規、パートを問わずに全員を招待しようと思うんだよ。もちろん、家族を連れてきてもいい」

行き先は伊豆《いず》で施設内には温泉もあるのだとか。

「ええっ」

タダで行けるなど随分と太っ腹な社員旅行だ。

「もうすぐ開院して十年目だろう？　記念にいいんじゃないかと思ってね」

しかし、杏樹にとっては金の問題ではなかった。

「期間はどれくらいで……」

「今度土日祝日が連続している週があるだろう。そのあたりにしようと思ってね。もちろん、強制ではないから無理をすることはないよ」

「……」

さすがに利明の言葉を真に受けるほど社会人経歴は短くはない。

勤務先のボスが全費用を負担して招待すると言っているのだ。

ここで行かなければ自分だけではなく、利明を恩師と慕う和馬の覚えも悪くなるかもしれない。

「わかりました。和馬さんと相談してみますね」

もし、看護師やパートに不参加者がいれば自分も断りやすい。どうか一人でいいので仲間がいてくれと思ったが、あいにく全員が参加すると表明した。

ある看護師は張り切ってこう答えた。

「だって、行き先の施設って人気で予約が取れないんですよ。料金も高いし、絶対に行きますよ。もちろん、主人も子どもも全員で！」

「そ、そんな……」

杏樹はタダの威力の凄まじさに驚き、これは断りづらくなったと頭を抱えた。

十和子と一日顔を合わせるとなると、またマウントを取られ、嫌味を言われる羽目になるだろう。グレードアップした愛花のような十和子と一日一緒に過ごすなど冗談ではなかった。

しかし、杏樹も大人で社会人。世渡りのコツは、呑み込める理不尽は呑み込むことだとわかっていた――。

「――というわけで、十一月に伊豆に行くことになって……。家を空けることになるけどごめんね」

その日の夕食は日を置いた特製チキンカレーだった。杏樹の得意料理であり、和馬の好物でもある。

和馬は水のグラスを置いて首を傾げた。

「十一月のいつなんだ？」

「上旬。紅葉する頃みたい」

杏樹は釣りを含めたアウトドアが好きだ。十和子との件がなければ楽しめただろうにと口惜しい。

和馬が「そうか」と机の上のスマホに目を落とす。

「なら、僕も休みが取れそうだな」

「えっ、和馬さんも行くの？」

和馬は今のところ大学病院の勤務医で多忙だ。だから、てっきり自分一人になるのだと思い込んでいた。

「ああ、もちろん。皆家族で行くんだろう？　杏樹一人だと気まずいんじゃないか」

「その辺は事情を汲《く》んでくれると思うけど……」

杏樹は和馬についてほしくなかった。なぜなら、十和子と再会してしまう。また不安になるくらいなら、一人で気まずい方がずっとよかった。

「久々に池上先生にも挨拶をしたい」

「……」

和馬はすでに行く気満々らしい。利明にではなく十和子に会いたいからではないのか――そうした疑惑を抱いてしまう。

「う……ん。だったら一緒に行こうか」

気が進まないが問い質すこともできない。

結婚前は表裏がない――というよりは隠し事の下手なタイプで、聞きたいことがあれば聞いていたのにと悲しくなる。

大好きな人と結婚できて幸せなはずなのに、こんな思いを抱く自分が嫌でたまらなかった。

＊＊＊

ところが、いざ伊豆に来てみると、それなりに楽しめてしまうのも杏樹だった。

グランピングは初体験だったので、一体どんなキャンプなのかと調べてみると、利明が説明していたとおりキャンプの豪華版。

紅葉した森林の中央にキャンプ場が設けられ、白いドーム型のテントがすでに設置されていた。テントといっても杏樹が想像していたようにペラペラで狭くはない。

小洒落《こじゃれ》たベッドが二台とローテーブル、テレビ、冷蔵庫、エアコンまで設けられており、テント型のホテルといった方が正しそうだった。

「これがグランピングかぁあ……」

感心してドーム内を見回す。

「今夜は満天の星が見られるみたいだ」

「わっ、楽しみ。じゃあ、星空を見上げながらバーベキュー？」

「明日も晴れるから川釣りもばっちりだな」

テントの布地は厚く、防音効果もあるので、周囲に音が聞こえることもないと知って胸を撫で下ろす。

隣には利明と十和子夫妻が宿泊している。十和子だけには和馬と出すどんな声も音も、何ひとつ聞かれたくはなかった。

――グランピングのスケジュールは順調に進行した。

それぞれのテントにチェックインののち、施設内の散策と紅葉狩りをし、日が暮れる前に夕食の準備に取りかかった。

ちなみにバーベキューで、食材は施設側が用意している。和牛に無農薬野菜、相模湾で獲《と》れた海老《えび》、現地の牧場の手作りソーセージと贅沢な食材ばかりだ。

参加者はカットするだけでいいとのこと。なるほど、確かにグラマラスなキャンプだと感心した。

参加者の女性陣が材料を切り分け、男性陣が調理に回る。それぞれのグループでもっとも活躍したのが杏樹と和馬だった。

杏樹は田舎育ちで実家がミカン農家。ずっと両親の仕事を手伝ってきたので、野菜や果物の下処理はお手の物だ。

和馬も一人暮らしの頃に料理にすっかり慣れており、バーベキューも手際よくよい火加減で焼いていた。焼けた肉類や魚介類を子ども優先に回していく。

大人たちにも料理が行き渡ったところで、利明がクラフトビールで乾杯の音頭を取った。

「え～、皆さんのおかげで無事十年目を迎えることができました。どうぞ今週末は楽しんでいってください。乾杯！」

すっかり和気藹々《わきあいあい》とした雰囲気の中で、看護師の一人に「息ピッタリですね」と囃し立てられた。

「お二人とも料理がお上手で。まだ新婚さんでしたよね？」

「もうすぐ半年記念なんです」

「まあ、一番楽しい時期ですね。私なんてもう十年目で、トキメキも何もあったものじゃないですよ」

「待ってくれよ。俺はまだお前にときめいているんだぞ」

皆なんだかんだで夫婦仲がいいようだった——主宰者である利明と十和子を省いては。

杏樹はちらりと隣のテーブルに席を取った二人に目を向けた。

利明が甲斐甲斐しく十和子の世話を焼いている。

「ほら、焼けたから食べなさい。飲み物は何がいい？」

「私、今ダイエット中だって言ったでしょう。ワインと野菜だけでいいわ」

「君は十分美しいよ。それ以上細くなってどうするんだい」

「……」

二人の関係は夫婦というよりは主従に見えた。十和子がお嬢様、利明が召使いだ。どう見ても対等ではない。

利明はそれでいいのかと思い悩む間に、夕食が終了し、続いて入浴の時間となった。

施設内には貸し切り露天風呂がある。まずは女性陣が一時間、その後男性が一時間と交代で温泉を楽しむことになった。

きゃあきゃあとお喋りを楽しみながら脱衣所へと向かう。

「温泉なんて久しぶりよお。プールみたいに広いんだって」

「私もです。さすが伊豆……て、あれ？」

杏樹は首を傾げて足を止めた。

十和子がいない。一体どこへ行ったのだろうか。

「ああ、先生の奥さん？　風邪気味だから温泉は止めるそうよ」

「そう……なんですか」

夕食の際には元気に我が儘を言っていたが――。

せっかくの久々の温泉なのに、浸《つ》かっている間もどうも十和子が気になる。

それどころか胸騒ぎがしたので、十五分経ったところで一人温泉から上がった。

「私、のぼせたのでお先に失礼します」

洗面用具を手にテントへ向かう。

温泉からドームまでは歩いて五分。道路が整備されており、街灯で煌々《こうこう》と照らし出されているので、遠くまでよく見渡せる。

そうした施設側の安全対策が仇となった。一本の街灯の裏側に長身痩躯の男性とすらりとした女性が佇《たたず》んでいる。

二人ともスタイル抜群なので、すぐに和馬と十和子だとわかってしまった。自分との距離は十メートルもない。

なぜこんなところに二人がいるのかと戸惑う。十和子の影がわずかに動いたので。慌てて近くにあった木の下に姿を隠した。

「どうせ主人は気付きはしないわ。だから……ね？」

艶を帯び、しっとりとした声に全身が強張る。和馬の返事は低いからか聞き取ることができなかった。

「あなたの奥さん、あどけなくて可愛い人よね。でも、物足りなくなることもあるでしょう？　昔のよしみで……してあげるから」

「……っ」

思わず声を上げそうになって口を覆う。これは紛れもなく不倫の誘いだ。

和馬はなんと答えるつもりなのだろう。そこから先を聞く勇気がなかった。

足音を立てないようじりじりと後ずさる。

「……っ」

テントとは反対方向に逃げるしかなかった。

そのせいでぐるりと回ってテントに戻る羽目になり、五分の距離が三十分かかってしまった。

その間に和馬と十和子は先ほどの場所から揃って姿を消していた。

不安がぐるぐると渦巻くままドアを開ける。中はがらんとしており和馬はいない。入浴中なのだろうか。それとも十和子と――。

ちらりと隣の利明夫妻のテントを確認すると、灯りが消されており不在らしい。三人はそれぞれどこで何をしているのか。

溜め息を吐いてベッドに潜り込む。灯りを消し、先に眠ろうとしたものの一向に眠りの波はやって来ない。

代わりに、ドアが軋む音がして和馬が現れた。

「杏樹さん、もう寝ている?」

「……」

しっかりと起きている。むしろ目はギンギンだ。

「星空を見せたかったんだけどな」

和馬がベッドの縁に腰を下ろす気配がする。杏樹は息を殺して寝たふりをしていたが、和馬に優しく頭を撫でられ、髪の一筋が鼻に掛かった拍子に、ついくしゃみをしてしまった。

「……っ! くしゅっ!」

「なんだ、起きていたのか?」

和馬が灯りを付ける。

「ね、寝ています……」

うっかりそう答えてしまい、顔から火が噴き出そうになった。

和馬がくすりと笑う。

「ドッキリ？」

「ち、違うけど……」

恐る恐る和馬を見上げる。入浴してきたのかTシャツにパーカーを羽織った姿で、黒い前髪がしっとりと濡れていた。

十和子と一緒にいたわけではないと知ってほっとする。

「池上先生も一緒だったの？」

「ああ、久々に裸の付き合いをしてきたよ」

和馬はまったくいつものまま、何もなかったように振る舞っている。

杏樹にはそうした態度こそが不自然に思えてならなかった。だから、和馬が髪にちゅっとキスをして、そっと肩に触れようとしたのを止めたのだ。

「ご、ごめんなさい。今夜はちょっと疲れていて」

夜を断ったのは初めてだった。今まではいつでもどこでもノリノリだったのに。

脳裏に十和子の影がチラついて、我を忘れられそうになかった。

「そうか。今日は遊んだからな」

和馬は気にするなとでもいうように、ポンポンと頭を叩き、乱れた布団を掛け直してくれた。

「じゃあ、お休み」

「……うん、お休み」

灯りが再び消される。

和馬が隣のベッドに横たわる気配がし、間もなくテント内が静寂に包まれた。

しかし、それから五分、十分、三十分経っても眠気はない。和馬が十和子と夜密会するために、テントを出ていくのではないかと疑ってしまう。

和馬はそんな男ではないと思いたかったが、もう彼について何も知らないと知っていたし、自分一人に繋《つな》ぎ止められるだけの自信もなかった。和馬が寝返りを打つたび、衣擦《きぬず》れの音がするたびにビクビクした。

こんな心境で眠れるはずがない――と嘆いていたのだが、はっと気が付くと窓の外で雀《すずめ》ではない野鳥が囀っていた。

「う～ん……」

思い切り背伸びをし、何気なく隣のベッドに目を向ける。和馬の姿がなかったので一気に目が覚めた。

「和馬さん……？」

どこへ行ってしまったのだろう。慌ててドアを開け辺りを探す。

すると、通路の向こうから和馬がやってくるのが見えた。洗面用具を手にしているところからして、顔を洗いに行っていたのだろう。

「早いな。もう起きたのか」

「和馬さんこそ」

胸を撫で下ろして和馬を迎え入れる。直後に違和感を覚えてその場に立ち尽くした。

和馬は寝起きが悪く、大音量の目覚ましを掛けても、起きずに揺り動かすことがよくある。

なのに、今日に限って早かったのはなぜなのか。自分が眠っている間に十和子に会いにいき、そのまま起きていたからではないのか——。

——もちろん、この推理には証拠などない。むしろ妄想に近い。

しかし、昨夜十和子が誘うのを見ていただけに冷静でいられなかった。朝食のベーコンエッグを調理している際も上の空だった。

「……さん、本多さん！」

利明に声を掛けられ我に返る。

「あっ、先生？」

「ベーコンエッグが焦げているよ」

はっとしてフライパンに目を落とすと、厚切りベーコンの端が消し炭と化していた。

「申し訳ございません！　これ、私が食べますので！」

「そんなことをしなくても大丈夫だよ。食材は多めに用意されているはずだから」

「……」

利明の柔和な笑みを見て胸がズキリと痛む。

利明は自分の妻が教え子を誘おうとしていることを知っているのだろうか。

いいや、知らぬは亭主ばかりなりと諺《ことわざ》があるくらい、大昔から夫は妻の不貞に鈍感だ。

「あの、先生」

「うん、なんだい？」

「……その、先生は目玉焼きはしょう油派ですか、ソース派ですか」

「私は塩コショウ派だねえ」

駄目だ。打ち明けられるわけがないと心の中で溜め息を吐く。

自分のそんな姿を背後からじっと観察されていることには気付かなかった。


このグランピング施設内には湖があり、ボートに乗ることができる。今日も快晴なので水遊びには絶好の一日だった。

杏樹は当然、和馬と一緒のボートにするつもりだった。ところが――。

「本多さん、お願いがあるんだけど、いいかな」

直前に利明に声を掛けられ、和馬を譲ってくれと頼まれたのだ。

「たまには教え子と遊びたくてね。ほら、お互い仕事を始めるとこんな機会はないから」

――そう説明されると断れるはずもない。

ならば、他の参加者と乗ろうとしたのだが、全員夫、あるいは子どもを連れており、杏樹と家族なら当然家族を選ぶだろう。

仕方がない。一人で乗るかと頷いたところで、肩をポンポンと叩かれ振り返って凍り付いた。

十和子だった。

「あなたもボートに乗るの？　漕《こ》げる？」

「あっ、はい。まあ、一応」

「じゃあ、お願いね」

「へっ？」

間抜けな声を上げる間に、案内係に「次の方どうぞ」と案内された。混乱するまま十和子とともに乗せられる。もちろん、自分がオールのある側だった。

「ねえ、私、真ん中まで行きたいんだけど」

「は、はあ」

「次に対岸ね。行けるでしょう？」

「ま、まあ、体力には自信があるので……」

一体この状況はなんだと目を瞬かせる。よりによって夫を誘惑したボスの妻と一緒にボートに乗

ると は。

しかも、なぜかあっちへ行け、こっちへ行けと命令されボートを漕いでいる。

天は秋らしく高くまで澄み渡り、うろこ雲が浮いている。湖はその青い色と周囲の紅葉を映し、錦さながらに美しいのだが楽しむ余裕などなかった。

「紅葉が綺麗ねえ。空気が美味しいわ」

「そ、そうですね」

十和子は一体何を企《たくら》んでいるのかと戦々恐々とする。せめて周囲に他のボートがあれば気も楽なのに、皆バラバラに湖の散策を楽しんでいる。

「このキャンプ場ね、昔一度来たことがあるの。その時もこうしてボートに乗ったわ」

「そ、そうなんですか」

どう相づちを打てばいいのかわからない。

とにかく無事にやり過ごしてしまいたい——そんな杏樹の願いはいともたやすく打ち砕かれてしまった。

「和馬君、ほんの一時期だけどボート部にいたそうよ。だから、漕ぐのが上手《うま》くてどこにでも行ってくれたわ」

「……」

どんな顔をすればいいのかわからなかった。

「あら、知らなかった？」

知らなかったとはどの点を指しているのだろう。和馬がボート部にいたことか、それとも一緒にボートに乗ったことか。

十和子は微笑みを浮かべて膝の上に頬杖《ほおづえ》をついた。

「私たち、大学時代ずっと一緒にいたの。結局一緒にはなれなかったけど。こうして同じことをしていると、つい思い出してしまうのよね」

「……」

何を言いたいのか、どうしろというのか。

十和子はその後も何か言っていたが、もう杏樹の耳には入ってこなかった。時間がどれだけ経ったのかもわからぬ間に、「そろそろ帰らないと」と促され岸辺に戻る。

杏樹たちが最後で利明と和馬がボート小屋で待っていてくれた。

「杏樹さん」

和馬が出てきて波止場から手を差し伸べてくれる。

だが、杏樹はその手を取るのを躊躇《ためら》ってしまった。十和子に触れたかもしれない――そう思うと途端に抵抗感が出てきたからだ。

腕を引こうとしてバランスを崩す。

「きゃっ……」

和馬が慌てて杏樹を抱き寄せようとしたが、残念ながらほんの一瞬遅かった。足をつるりと滑らせてしまう。

思ったより飛沫も水音も出なかった。

「杏樹さん！」

幸い杏樹は泳げたので溺れることはなく、もう一度差し伸べられた和馬の手に引き上げられたが、秋も終わりの湖の水は差すように冷たい。

ほんの数分水中にいただけなのに、全身が冷え切ってガクガクと震えた。

和馬はそんな杏樹の様子を見て取り、すぐさま自分のパーカーを脱いで着せてくれた。

「先生、申し訳ございません。念のために診察してきます」

「ああ、そうしなさい」

和馬は杏樹の背と膝裏に手を差し込み、軽々と抱き上げ歩き出した。

「かっ……和馬さんっ……」

利明と十和子の目の前でのお姫様抱っこに焦る。

「大丈夫だから。私、歩けるから」

「大丈夫じゃない」

和馬はきっぱり言い切り医務室へ向かった。その口調の強さに押し黙るしかない。

杏樹は和馬のTシャツを掴んで握り締めた。和馬の胸は広く温かく安心する。

この優しさを誰かと分け合うことなど、やはりできそうになかった。

幸い怪我《けが》はなく服が濡れただけだったので、杏樹は和馬の反対を押し切ってグランピングを続けることになった。

「体が結構冷えていたから、帰るほどではないけど、テントで一日温まっていた方がいい」

そうアドバイスされたものの、じっとしていることなどできそうになかった。目を離している間にまた十和子が接触を図るかもしれないからだ。

過去に何があろうと、今どんな関係だろうと、十和子に、いや他の誰にも和馬を取られたくないとしか考えられなかった。

そんな心理状態こそ異常だったのだろうが、その時は気付くことなどできなかった。

グランピング二日目の夜、いよいよ明日は東京に戻る前夜、杏樹は和馬のベッドにそっと潜り込んだ。

「杏樹さん、どうしたんだ。寒いのか？」

「……ううん、違うの」

みずからパジャマのボタンを次々と外していく。キャミソールを脱ぎ捨てると、瑞々《みずみず》しい果実を思わせる乳房がふるりとまろび出た。

「お願い。抱いて」

和馬は目を丸くして杏樹を見上げていたが、やがて溜め息を吐いて起き上がり、杏樹の肩に手を置いた。

「昨日断ったこと気にしているのか？　どうしてもその気になれない夜なんて、誰にだってあるってことくらいわかっている。これでも医師なんだから」

「違う。そうじゃないの。……今和馬さんとしたいの」

和馬を押し倒し、その腰の上に跨《また》がる。

「杏樹さん……!?」

「和馬さんは、そこに寝ているだけでいいから」

杏樹は和馬のパジャマ代わりのTシャツを脱がすと、ズボンをずり下ろしてその分身をそっと包み込んだ。

「くっ……」

端整な顔が歪み、眉根が寄せられる。人一倍大きなそれがみるみるうちに勃ち上がった。

指先にそっと力を込めると、ドクンドクンと脈打っているのがわかる。

この行為をしたことは一度もない。だから、まったくのぶっつけ本番だった。

「……っ」

羞恥心を振り払って先端に唇で触れる。

「杏樹……」

止められているのかもしれないが気付かないふりをした。とにかく和馬を取られたくない一心で舌を這わせる。

口の中で屹立《きつりつ》がピクリと震え質量を増す。

「……杏樹」

再び小さな声で名前を呼ばれ、気持ちよくないのかと恐る恐る顔を上げた。

和馬は優しい、同時に情欲の炎が燃える瞳で杏樹を見下ろしていた。

「これ、初めてなんだろう？」

「……っ」

慣れない行為はやはり気持ちよくなかったのかと傷付いてしまう。

「ああ、違う。今から俺の言う通りにして。もっと大きく口を開いて、呑み込むみたいにするんだ」

「んっ……」

言われるままにすると、喉の奥に屹立の頂が当たって、吐き出しそうになった。それでも、息苦しさを我慢して行為を続ける。

「それから次は口をすぼめて、舌で包み込んで擦る」

「……んぅ」

必死になって舌で愛撫していると、和馬が手を伸ばして後頭部を撫でてくれた。

「そう……いい。上手だ」

時折息とともに反射的に吸うと、和馬の全身がびくりと痙攣し、先端から苦いような塩辛いような不思議な味がした。

「んんっ……」

ついに息苦しさに耐えかね、音を立てて口から抜いてしまう。

「ご、ごめんなさ……」

こんなこともできないのかと泣けてくる。

「初めてなんだから当然だろう」

「……だって」

杏樹は思う。

和馬と出会い、見合いで再会し、結婚できたのは運命ではなく偶然だ。

二人の間に結ばれている糸は細く儚く、ほんの少し力を込めれば簡単に切れてしまう。

体で少しでも繋ぎ止められるものなら安いものなのに。

「今夜の杏樹は変だぞ」

和馬は手を伸ばして杏樹の目の端の涙を拭った。

「何がそんなに悲しいんだ？」

「……それは」

十和子と過去関係があったのか。現在でも続いているのかなど、問い質せるはずもなかった。うんと頷かれたらそこで終わりになってしまう。

「まったく、困った奥さんだな」

和馬は杏樹の両手を軽く引いて、再び自分の上に跨がらせた。

「泣《な》き止《や》ませてやるよ」

言葉とともに腰を掴まれ、軽々と持ち上げられる。

「あっ、和馬さ……」

次の瞬間、パンと腰を落とされ天井を仰いだ。思考がバラバラになって飛び散ってしまう。

「ああっ……」

いきり立った肉の楔が蜜口を真下から貫く。衝撃で肩までのふわふわの髪が上下に揺れて乱れた。

「は……うっ」

バランスを取ろうと大きく息を吐き、和馬の引き締まった腹部に手を当てる。

和馬は今度は臀部に手を当て、ぐぐっと杏樹の体を引き寄せた。

「手伝うから、腰を動かすんだ」

「……っ」

腰を振るたびにぎし、ぎしとベッドが軋む。

「すごく、いい眺め。わかるか？　胸が揺れて、うっすら汗に染まって……」

「そ、んなの……見えないっ」

ただ和馬の熱を感じることしかできない。

「あ……あっ……和馬さっ……」

名前を呼ぶ前にぐぐっと突き上げられて身悶える。収まりきらない蜜が繋がる箇所からぐちゅりと漏れ出てシーツにシミを作った。

「ほら、もう悲しくないだろう？」

「……っ」

悲しいとはどんな感情だっただろうか。快感に身も心も支配された杏樹は、つい先ほどまでの記憶すら曖昧になっていた。

続けざまに弱い箇所を新たな角度から抉られ。背を仰け反らせて和馬の名前を呼ぶ。

「和馬さっ……あっ……んっ……やんっ」

口で愛撫した際の和馬の先走りと、杏樹の愛液がその体内で混じり合い、抽送のたびに滲み出て内股を濡らす。

一方、肌は汗で濡れてしっとりと光っていた。

「あっ……あぁっ……あっ……んあっ」

口では呑み込めなかった和馬の分身が、こうもたやすく体の中に収まるのが不思議だった。

「私……もうっ……」

「何を言っているんだ。これからだろう？」

黒い瞳の奥に情欲の炎が燃え上がる。薄暗がりの中でもはっきりとわかるほど強く煌めいている。

杏樹の柔らかな臀部に両手の爪先が食い込む。和馬は先ほどよりずっと強い力で杏樹の腰を引き寄せた。

「ひぃっ……」

肌と肌が隙間なく密着する。肉の楔が最奥をこじ開け、更に奥へと進んでいった。

「あ……あっ」

これ以上耐えられないと首を横に振っておきながら、割れた腹筋に手を置いてみずからも腰を揺らし、上下させてしまう。

自分の中に眠っていた雌の本能に慄く。それもより快感を求める欲望に塗り潰されていった。

隘路を激しく擦られ、溶け出した蜜が漏れ出る。

「ひゃんっ……あっ……あっ……ああっ」

もっとこの人がほしい。この人のすべてがほしいと全身が訴える。もはや自分の胸を焦がす思いが、恋なのか情欲なのかの区別がつかなかった。

「杏樹……すごく、綺麗だ」

興奮で掠れた賛辞も耳に入らない。

「和馬さん……もっと……無茶苦茶に、して……。体の、奥の、奥までっ……」

「今夜の杏樹は……大胆だな」

和馬は「リクエストには応えないとな」と呟いた。

端正な顔を顰《しか》め、獣のように呻きながら、奥深くを突き上げる。

「や……あっ」

首から力ががくんと抜け落ち、結合部分が目に入ってしまう。

赤黒い雄の証が自分の中に出入りするさまを見て、羞恥心にまた体が熱くなった。

「あっ……和馬さんっ……」

好きなのと口にしようとしたのだが、ずんと更に奥を抉られて、代わって喘ぶような息を吐き出す。

「あ……あっ」

腹の奥がマグマのように熱い。ドロドロと淫らな熱が渦巻いている。

このままひとつになってしまえば、和馬が離れていくことはないのに――ふとそんな切ない思いに駆られた。

その思考も内部をぐるりと掻き回され、弱い箇所を突き上げられたことで四散してしまう。

視界は曖昧になっており、耳は自分の喘ぎ声しか拾えない。ただ和馬の熱だけを感じていた。

隘路の中で和馬の分身がどくりと脈打ち質量を増す。内壁にその肉の楔が密着して隘路を押し広げた。

「杏樹……」

ぐぐっとその先端が奥の扉をこじ開け、より奥へと侵入していく。

「あっ……」

杏樹は背を仰け反らせて目を見開いた。

「ああっ……」

体の中で和馬の欲望が弾ける。灼熱が体の奥を一瞬にして焼き焦がした。死んでしまったのではないかと錯覚した。

「は……あっ」

蜜口から脳髄にかけて痺れが走る。

杏樹はぶるりと身を震わせると、がくりと力を失って和馬の上に倒れ込んだ。


グランピング三日目の早朝には、あいにく小雨が降っていた。とはいえ、今日が最終日なのでたいした問題ではない。

「それでは、先生お先に失礼します」

和馬は深々と頭を下げた。午後から出勤で午前中には東京に戻らなければならず、他の参加者より早く帰宅しなければならならないのだ。

まだ午前六時で皆眠っているのか、見送りは利明しかいない。十和子が起きてこなかったので、杏樹はほっと胸を撫で下ろしていた。

杏樹は和馬とタクシーに乗り込み、中でもう一度頭を下げた。

「先生、また火曜日によろしくお願いします」

「ああ、こちらこそ頼んだよ」

和馬が合図をするのと同時にタクシーが発車し、グランピング会場がみるみる遠ざかる。

「グランピングなんて久々だったな」

その一言にはっとする。湖での十和子の一言を思い出したからだ。

『このキャンプ場ね、昔一度来たことがあるの。その時もこうしてボートに乗ったわ』

十和子と二人で来たのだろうか。

せっかく昨日熱い夜を過ごして忘れていたのに、また思い出して気分が悪くなる。

「杏樹さん、乗り物酔い？　気分が悪いのか？」

「えっ」

「顔色が真っ青だけど」

慌ててコンパクトの鏡を覗き込むと、確かに顔色がいつになく悪い。なのに、体は火照っている気がした。

「なんだかおかしい……」

「ちょっと見せて」

和馬は杏樹の額に手を当て、切れ長の目をわずかに見開いた。

「熱がある。早く帰ろう」

スケジュール通りに行けば駅で土産物を買うつもりだった。

「……ああ、お土産ほしかった」

杏樹は溜め息を吐いて天井を見上げた。同時に、ピピッと体温計が検温終了のアラームを鳴らす。

なんと三十九度。

風邪を引いたのは何年ぶりだろうか。元気だけが取り柄だったのにと悔しくなる。

しっかり温まらないまま温泉から出て、その後和馬と十和子のデバガメに勤しんで湯冷めしたのだろう。

和馬に勧められ大事を取って明日は仕事を休むことになった。

「事務員失格だなあ……」

十和子がよく休んで困るなどと文句を付けられたものではない。プライベートの調子が悪い分、仕事はしっかりしようとしていたのにと情けなかった。

「杏樹さん」

寝室のドアがノックされる。向こう側に盆を手にした和馬が立っていた。薬と水を持ってきてくれたらしい。

「熱はどうだった？」

「それが……なかなか下がらなくて」

体温計を差し出すと和馬の顔色が変わった。

「やっぱり今日は休むよ」

「え、ええっ!?」

ワーカホリックの和馬が病院を休むなどと言い出すのは初めてだった。

「私なら大丈夫だから、お仕事に行って」

「もう同僚に代わってもらったから。大丈夫。今まで何度も僕がピンチヒッター買って出ていたから、快く引き受けてくれたよ」

和馬はベッドの縁に腰掛け、杏樹の目を覗き込んだ。

「それに、風邪を舐めちゃいけない。対症療法しかできない恐ろしい病気だぞ」

「そんな大げさな……」

「大げさじゃない。それに、こんな時こその夫婦だろう」

和馬は杏樹の髪に手を埋めた。

「頭は痛くないか？」

「うん、さっきまで痛かったんだけど……」

こうして和馬に触れられているだけで、痛みが和らいでくるのだから不思議だった。

手当とはよく言ったものだ。

昔病気や怪我をした際、手を当てて治療したのが語源だそうだが、確かに大好きな人の温《ぬく》もりには癒やし効果があった。

和馬はしばらく頭を撫でてくれていたが、やがて少々声のトーンを落として「杏樹さん」と名前を呼んだ。

「なぁに？」

「何か悩んでいることはないか？」

心臓がドキリとする。

「風邪みたいな病気って、結構精神面での影響も大きいんだ。免疫力が落ちるって言われている」

人の心と体には密接な関係がある。体が弱れば心が弱り、心が弱れば体も弱るのだと。

「馬鹿は風邪引かないって諺があるけど、あれは些細なことは気にせず大らかに生きていると、免疫力が高まるからだって思っている」

「……」

杏樹は布団の端をぎゅっと握り締めた。

「悩みなんてないよ。……幸せでたまらないくらい」

そう、幸せなのだと思う。和馬と十和子の件さえなければ。

和馬は「そうか」と苦笑し、布団を掛け直してくれた。

「気が向いた時に打ち明けてくれればいいから」

その一言に涙が出そうになる。十和子に少しでも思いを残しているのなら、こんなに優しくしないでほしかった。

「……本当に、休まなくていいから」

「そういうわけにはいかないよ」

和馬は布団越しに杏樹の腹を撫でた。

「こうして誰か近くにいるだけで心強いだろう？」

確かにそうだ。体が苦しいと寂しくなるのが人間なのだろうか。だが、今和馬がそばにいると同時に胸が痛む。

「杏樹が弱っているのを見るのは初めてだな」

「……そう？」

「ああ、いつも元気な姿しか知らなかったから」

和馬はふと、窓辺にインテリアとして置かれている地球儀に目を向けた。

「アンドロギュノスって言葉を聞いたことはあるか？」

「あん……」

「アンドロギュノス」

アンドロギュノスはプラトンの「饗宴《きようえん》」で、アリストパネスという詩人が語った逸話に登場するそうだ。

かつてこの世には男と女が一体となった人間、アンドロギュノスがいた。手足が四つ、顔が二つ、性器も二つ備えていた。

アンドロギュノスは完璧であるがゆえに、神に成り代わろうとする傲慢な生き物だった。そうした態度がゼウスの怒りに触れ、雷で真っ二つに引き裂かれてしまった。

結果、アンドロギュノスは男と女、二人の人間に。互いに強く相手に惹き付けられ、再びひとつになろうとした。このように男は女を、女は男を求めるようになった。

「アリストパネスはこれを男女の愛だと説いているんだ」

「なんだか不思議な話だね」

元はひとつだったということは心もひとつだったのだろうか。杏樹はアンドロギュノスが羨ましかった。

「僕はこの逸話は順番が逆なんじゃないかって思うんだけどね」

「順番が逆？」

「そう。男と女って触れ合って、話し合って、そうして暮らしをひとつにしていくものだろう」

「……」

「元はひとつだった存在が引き裂かれるんじゃない。二人が一人になるのが正しいと思う」

和馬は「杏樹」とベッドの上に置かれた杏樹の手を取った。指を絡めてしっかりと握り締める。

「前にも言ったけど、僕たちは偶然会って、見合いで再会して、勢いで結婚して……気が合ってはいるけれど、君は僕を、僕は君をほとんど知らないよな。だから、これから知っていきたいと思っている」

「和馬さん……」

「だから、なんでもいいから気になることがあれば話してほしい。僕も君のことが知りたい」

杏樹ははっとして和馬を見上げた。

今まで和馬のことを何も知らないと思い込んできたが、和馬も自分のことをたいして知らないのだと。

せいぜい釣り好きのタヌキ酒豪で、元彼を元友人に略奪されたということくらいだろう。随分お粗末なデータである。

すとんと何かが腑《ふ》に落ち、心が軽くなった気がした。同時に、今目の前いる和馬の優しさを疑うことはないのだと思う。

それに、この半年の和馬の言動を振り返ると、元カノと浮気をするような男性だとは思えない。

自分の不安に溺れるよりも、そばにいてくれる和馬さんを信じよう——ようやくそう思えた。

一旦決めてしまえば、こんなに簡単なことだったのだ。

「和馬さん」

照れ臭くて布団の中に潜り込みながら名前を呼ぶ。

「うん、なんだ？」

「……ありがと」

和馬はなぜ礼を言われるのかがわからないのか、切れ長の目を瞬かせている。

「ふふ……」

その仕草をちょっと可愛いと思ったのは内緒にしておいた。

第六章　やっぱり運命の人でした！

結局熱が下がるまで三日かかり、出勤したのは平日最後の金曜日になってしまった。

杏樹は出勤するが早いか、利明に向かって深々と頭を下げた。

「長らくお休みをいただいて申し訳ございませんでしたっ！」

「ああ、いいんだよ。本当にもう大丈夫なのかい？」

「はい、もう元気ピンピンですっ！　残業もどんと来いですっ！」

一旦覚悟を決めてしまえばとことん肝が据わるのが杏樹である。だから、三十分後に十和子が出勤してきてもまったく動揺しなかった。

「池上さん、おはようございます」

ニッコリと笑って挨拶する。十和子はその笑顔に少々面食らったように見えた。

「おはよう。随分元気になったのね」

「はい。看病してもらって」

何気なく告げた一言に十和子がピクリと反応した。

「ああ、実家のお母さんに来てもらったのね」

ちょうどスケジュールを確認しに、受付にやって来た利明が笑う。

「十和子、本多さんの実家は四国だよ」

「えっ……じゃあ……」

「桜川君も随分愛妻家になったねえ」

十和子はわずかに見開いた目を杏樹に向けた。

「桜川君が……？」

杏樹はなぜ十和子がそんな表情をするのかがわからなかった。

「あっ、はい。家族ってありがたいな～と思いました。一人暮らしだったらもっと治るのが遅かったと思います」

「……」

十和子はぷいと顔を背け、そのまま自分の仕事を始めた。

杏樹はなぜ十和子が機嫌を損ねたのかわからなかった。

だが、いつまでも構ってもいられない。気分を切り替え開院の準備を開始した。

自動ドア前が埃《ほこり》っぽかったので掃除する。途中、利明が通り掛かって足を止めた。

「まさか、桜川君が仕事を休んで、家族の看病をするようになるなんてねえ」

利明によると、和馬はワーカホリックどころか仕事の鬼で、学生時代から自分にも他人にも随分厳しかったのだという。

「随分と丸くなってびっくりしたよ」

思わず掃除をする手を止めるてしまった。

「えっ、和馬さん、最初から優しかったですが」

さめざめと泣く赤の他人の自分にハンカチをくれたほどだ。

利明は「ほう、そうなのかい」と目を細めた。

「あの桜川君がねえ、なるほど、なるほど」

なぜか笑いながら通り過ぎていく。杏樹は呆気《あっけ》にとられてその後ろ姿を見送った。

「……変な先生」

その後は特に変わったこともトラブルもなく、無事業務を終えることができた。

十和子もなぜか絡んでこなかったので胸を撫で下ろす。

和馬の今を信じると決めはしたものの、十和子の匂わせは気分がいいものではなかったからだ。

——以降、どんな心境の変化があったのだろうか。十和子はピタリと匂わせを止めただけではない。なんと、池上クリニックも退職してしまった。歴代パート最短速度である。

まったくわけがわからなかった。さんざん振り回されていたので拍子抜けしたほどだ。ともあれ、ようやく平和が戻った——と思い込んでいたのは杏樹だけだった。

十和子が姿を消して一ヶ月も経つと、街はクリスマス一色になっていた。

デパート前には凝ったデザインのクリスマスツリーが設置され、街路樹はイルミネーションで飾られ、樹木そのものが発光しているように見える。

池上クリニックの受付にも持参したミニサイズのクリスマスツリーを置いておいた。

「ちょっとでも飾りがあると華やかでいいねえ。君たちはクリスマスパーティはどうするんだい？」

「二人ともその日も仕事なので、夕食がクリスマス仕様になるだけですね。はい、もちろんチキンとケーキです」

その代わりに年末年始はいずれも確実に休めるので、横浜の五つ星ホテルに連泊して籠もりきり、夫婦水いらずでイチャイチャしようと計画していた。プレゼントもその時交換しようと話し合っている。

「ああ、そういう過ごし方もいいね」

「先生はどう過ごす予定ですか？」

「僕もあいにく仕事だからね。年末年始は……どうだろう」

どうだろうとはどういうことだろう。十和子と過ごすときっぱり言い切らないので眉を顰める。

そして、その答えは大晦日の日に明らかになった。

完全に二人きりでのお泊まりは久々だ。

杏樹は二十八日の夜、うきうき気分で待ち合わせ兼、年末年始を過ごす予定の五つ星ホテルのロビーへ向かった。

このホテルは和馬とお見合いをしたところなので感慨深い。和馬に恋に落ちたあの日の気分で新年を迎えられそうだった。

和馬は正式に顔を合わせたあの日と同じ、ロビーのソファに腰を下ろしていた。あの仕立てのいいネイビーカラーのジャケットは和馬のお気に入りだ。

声を掛けようとして口を押さえる。

ちょっとしたドッキリを仕掛けたい。そんな悪戯心から抜き足差し足忍び足で、背後からじりじり近付いていった。

後ろから「だ〜れだ」と目隠しをして驚かせるつもりだったのだ。ところが、途中第三の人物に割り込まれてぎょっとした。

十和子だった。今夜はベージュのツイードのスーツに身を包んでいる。高級感からしてやはりブランド物なのだろう。

十和子が声を掛けると和馬はおもむろに立ち上がり、さり気なく十和子をエスコートした。

「え、ええっ⁉」

ショックを受けてその場に立ち尽くす。

やはり和馬と十和子は浮気をしていたのか――息を呑んだ直後に「だ〜れだ」と目隠しをされたので二度驚いた。

紛れもない和馬の声だったからだ。

振り返ると黒い瞳が自分を見下ろして笑っていた。やはりネイビーカラーのスーツ姿だ。

「やっぱり三十分早く来ていたな。待ちきれなかったのか？　僕もだ」

「か、和馬さん⁉　ええっ⁉」

杏樹は背後の和馬と、十和子たちが立ち去った方向、交互に目を向けた。

「どうしたんだ？」

「い、いや、さっきそこに和馬さんが座っていて……」

「そんなはずはない。さっき玄関前でタクシーを降りたばかりだよ」

では、十和子をエスコートした男性は何者だったのか。

「同じスーツを着ていたんじゃないか？　これは一応オーダーメイドだけど、大体人気のパターンは決まっているから、被ってもおかしくない」

なんだ、単なる人違いだったのかと胸を撫で下ろす。

スーツだけではなく、靴の趣味も、髪型も、後ろ姿までよく似ていたので焦ってしまった。

「……って待って」

はたと我に返る。

では、先ほど十和子と一緒にいた男性は何者なのか。

「……」

顔を曇らせていた利明、年末のホテル、和馬に似た若い男――なんとなく嫌な気分になる。

「杏樹さん、どうしたんだ？」

「ううん、なんでもない」

甘えて和馬の腕にじゃれつく。

「ねえ、夕食にデザートってついているの？」

「もちろん。全種類から選べるように頼んでおいたから」

「さすが和馬さん」

胸に渦巻いている疑惑はあくまで疑惑でしかない。

いくら十和子でも証拠もないのに疑ってはいけない――そう自分に言い聞かせていたのに、杏樹のそうした努力は年明け早々に水の泡となった。


仕事始めの日はクリニックがどっと込む日でもある。

次から次へと訪れる患者を捌くうちに、瞬く間に午前が終わり、昼休憩が終わり、午後が終わった。

わずかに残っていた年末年始ボケもこれで吹っ飛んだ。

帰宅前にクリニック玄関の注連縄《しめなわ》に向かって、「今年も元気で働けますように」と手を合わせる。

ほどよく疲れて帰宅する頃には日は落ち、辺りはすっかり暗くなっていた。

途中、見覚えのある人物が自動ドアを潜り、中に入っていったのでぎょっとする。

「……十和子さん⁉」

あのキラキラオーラは間違いなく十和子だ。一体なぜ自分たちのマンションを訪れたのか。

鉢合わせるのは避けたかったがここ以外出入り口はない。

こそこそ中の様子をうかがいつつ、エントランスに足を踏み入れたその時のことだった。

「ねえ、お願い。相手はあなただってことにしておいてよ。あの人、あなたには甘いんだから」

十和子が誰かと揉み合いになっている。

「いい加減にしてくれ。一体いつまで自分が世界の中心だと思い込んでいるんだ。君はもう子どもじゃないんだぞ。大人なら大人に相応しい責任の取り方をしろ」

和馬だった。

フロアに落ちているネイビーカラーのスマホは和馬のものだ。言い争ううちに懐《ふところ》から落ちたのだろうか。

一体なぜこの二人が揃ってこの場にいるのだ混乱する。

二人はその間にも声を荒らげて言い合っていた。というよりは、和馬が抗議しているといった方が正しいか——。

「第一、先生の僕への信頼はどうなる。それ以上に杏樹の僕への信頼は？　僕にとって君はすべてを引き換えにしていいと思えるような存在じゃない」

「……なんですって」

和馬の情け容赦ない言葉を聞き、十和子の美貌が悔しげに歪む。ふっとスーツの襟を掴んだ手から力が抜けた。

「どうしてあんな子が……」

十和子は足下に目を落としていたが、やがて顔を上げてはっとした表情になった。杏樹を見つけてしまったのだ。

観葉植物の陰に身を隠していたつもりだったのだが――。

「あ、アハハ……ごめんなさい。見るつもりはなかったんですけど……」

和馬も杏樹を認め、前髪を掻き上げ、深く大きな溜め息を吐いた。腰を屈めてスマホを拾って画面を操作する。

誰のアドレスを呼び出しているのだろうか。

「もしもし、桜川ですが、池上先生のお電話でしょうか。今、お時間よろしいですか」

利明の名前を聞き十和子の肩がびくりと震えた。だが、もう和馬に食って掛かろうとはしなかった。

「今僕のマンションに奥さんがいらっしゃっておりまして……はい、ええ、迎えに来ていただければ」

和馬は電話を切り十和子を鋭い目で睨み付けた。

「十五分で池上先生が来る。それまでに僕以外の言い訳を考えておけ」

「……っ」

十和子は観念したようにぎゅっと目を閉じ、肉に爪が食い込むほど強く拳を握り締めた。

一方、杏樹は話がまったく見えずに戸惑っていた。利明が迎えにきてもまだわからなかった。

――エントランスでの修羅場からきっちり十五分後、利明が愛車の某ドイツ車に乗ってマンション前にやって来た。

その間、杏樹は和馬に頼まれ、一緒に十和子が逃げ出さないよう見張っていた。

「やあ、桜川君、迷惑を掛けたね」

「いいえ、大丈夫です。ほら、奥さん」

その頃には十和子は先ほどとは打って変わっておとなしくなっていた。利明に手を取られ、青ざめたままのろのろとついていく。

杏樹は和馬とともに二人が車に乗り込むまで見送り、エントランスに戻ったところで「ビックリした……」と天井を仰いだ。

「和馬さん、十和子さんと何があったの？」

和馬は苦笑しつつ杏樹をエスコートした。

「驚いただろう。中で説明するよ」

――和馬が用意してくれたコーヒーを飲みながら聞いたところ、事情は予想していたよりも少々ややこしかった。

「前ホテルで僕と似た男を見かけたって言っていただろう」

その男が十和子の浮気相手だったのだという。

「結局先生に浮気がバレて焦って……。相手も既婚者だったから、大事にしたくなかったみたいだ」

「だからって和馬さんに浮気相手のフリをしろって言うのも変じゃない？」

何せ和馬も既婚者なのだ。

和馬は溜め息を吐いてココアを飲んだ。

「奥さんの言い分はこうだ。浮気相手が僕なら先生も許してくれるかもしれない。覚えがめでたいからってね。だから、協力してほしいと」

「え、ええ……」

「そんなくだらないことのために生贄《いけにえ》になれなんて冗談じゃない」

だから、きっぱり断ったのだ。

「……ねえ、和馬さん」

杏樹はコーヒーの水面に映る自分の顔を見つめた。

「私、先生からあなたが学生時代、十和子さんとずっと一緒にいたって聞いたの」

和馬は記憶を辿っているのか、手を組んで首を傾げた。

「ずっと一緒にいたというよりは、しょっちゅうノートを見せてって頼まれていたんだよ。彼女、先生のお気に入りだったから断りにくくてね」

わずかにだが眉を顰めているところからして、和馬にとって十和子との記憶はあまりいいものではないようだ。

一方で、利明は十和子が学生時代から彼女に心惹かれていたらしい。そして――。

「じゃあ、十和子さんに告白されたことは？」

和馬は苦笑して首を横に振った。

「僕はあの頃まだ一医大生で、伯父にも認められていなかった。奥さんは社会的地位が高い男が好きだから、まったくタイプじゃなかっただろうな」

「でも、グランピングでは誘われていたでしょう」

まさか、現場を目撃されているとは思わなかったのだろう。切れ長の目がわずかに見開かれる。

「見ていたのか」

和馬は苦笑し、続いて遠い目になった。

「彼女、摘まみ食いをしたいって言っていたんだ」

火遊びをしたいのだと。

「その程度の気持ちだったんだと思うよ。まったく、結婚しているのに浮気とか信じられないよな」

「……そう」

さすが、和馬の分析はよく当たっている。だが、ひとつだけ違っているところがあると杏樹は感じた。

――十和子はきっと学生時代から和馬が好きだったのだ。

しかし、和馬は十和子など眼中になかった。

お嬢様で蝶よ花よと育てられ、美人で、学歴も高い彼女にとっての軽くはない挫折だったのだろう。とはいえ、プライドをかなぐり捨てて告白する勇気もない。だから、代わりに嫌がられていると知っても付き纏うしかなかったのだろう。

だが、和馬が医師国家試験に合格し、いよいよ道が分かれそうになって焦った。

二十四歳も年の離れた利明と結婚したのは、やはり和馬と繋がりが深かったからではないか。利明と一緒にいさえすればまた和馬と会うチャンスがある。

また、浮気相手がたまたま和馬そっくりだったのではない。初めから和馬によく似た男を身代わりに選んでいたという気がする。

――和馬と十和子は学部の一年生の頃からの腐れ縁と聞いている。

十和子にとっては十四年間の片思いだ。

それだけ長く誰かを思い続ける一途《いちず》さを、なぜ思い切って和馬にぶつけてみなかったのか。自分であればそうするに違いないのでますます不思議だった。

「でも、ぶつけて叶っていたら、私とは出会ってなかったんだよね……」

コーヒーを一気に飲み干し、とにかく、これで終わったのだと頷いた。

翌日の夕方、締め作業中の三十分は気まずいどころではなかった。この時間帯は利明と二人きりになるからだ。

思い掛けず修羅場に巻き込まれ、十和子の浮気を知ってしまっただけに、どんな態度を取ればいいのかわからない。

とにかく、昨夜の件については何も追求せず、いつも通りにしようと自分に言い聞かせた。

なのに、カルテのデータを整理している作業中、利明の方から話を振られてぎょっとした。

「昨日は家内が迷惑を掛けたね」

「あ、アハハ……迷惑だなんてそんな」

つい口調がカクカクしてしまう。

「あの……奥さん、大丈夫でしたか?」

「ああ、あれから自宅に帰ってすぐに眠ったよ。もう落ち着いていつも通りの生活になっている」

十和子のいつも通りの生活とはどんな生活なのか。それに——。

杏樹はちらりと利明の背に目を向けた。

不倫されたというのに離婚する気はないのか。

あれほど好き勝手されておいて、なぜ別れない選択肢を選ぶのか理解しがたい。

「——離婚はしないよ」

口に出したわけでもないのに、返事があったのでぎょっとする。

「せ、先生……?」

「ねえ、本多さん……。私は十和子と出会った時、運命の人だと思ったんだ。彼女しかいないとね」

だから、浮気のひとつやふたついしたことではないと言葉を続けた。

「容姿だけじゃない。プライドの高さも、卑屈さもひっくるめて愛しているんだ」

杏樹が息を呑む間にくるりと振り返り、この二年間で慣れ親しんだ穏やかな笑みを浮かべる。

「……誰が心に棲《す》み着《つ》いていようと知ったことじゃない」

「せ、先生まさか……」

十和子が和馬を愛していると知っていたのか。

「彼女だけをずっと見てきたからね」

細められた目が今は恐ろしくてたまらない。

「私の妻でいてくれさえすればそれでいい。今回の浮気はかえってありがたかったよ」

十和子は利明と離婚したがっていたのだという。浮気を繰り返すのも、自分にうんざりしてほしいからだと。

だが、利明に別れるつもりはないし、有責側から離婚は切り出せない。

「彼女の両親も落ちこぼれた彼女を家から出して、厄介払いしたがっていたからね。もう彼女には私しかいないんだよ」

杏樹にはもはや利明が蜘蛛《くも》に、十和子がその巣の糸に絡め取られた蝶に見えた。恐らく一生捕らわれたままの――。

「本多さんにも礼を言わなければならないね。君がとどめをさしてくれたことで、十和子も桜川君を諦めらたれただろうから」

十和子はやはりずっと和馬を愛していたのだという。

だから、共用試験に落ち、再試験となり、医師になれないと理解してからは、もう和馬と一緒にいられないのではないかと落ち込んでいた。

そんな中、利明にプロポーズされ、カンダタのように蜘蛛の糸に縋り付いた。まさか、自分が獲物なのだとは思ってもいなかったのだろう。

「だから、私たちも交際0日婚なんだ」

「……」

利明は最後まで笑顔のままだった。だが、眼鏡の向こうにある目は笑っていない。

なぜ今まで気付かなかったのか。

「一生離さないよ」

杏樹の背筋に冷たいものが這い上がってくる。

一番怖い人物は愛花でも十和子でもない。家族、知人、友人の中でももっとも人畜無害そうだった、利明だったのだと知ってしまったからだ。

動揺しつつもクリニック内のすべての電源を落とし、警備システムを作動させて従業員用出入り口から出る。

「今日はお疲れ様。いつもありがとう」

「いいえ、こちらこそ……」

先ほどの利明の十和子の性格診断を思い出す。プライドが高いのに卑屈だと。

利明は車で帰宅するので、駐車場前でお別れである。杏樹は今しか聞けないと足を止めた。

「先生……先生は奥さんに毎日好きって言っていますか？」

「ああ、もちろん。言葉は尽くしているつもりだよ」

「そう、ですか……。ラブラブなんですね！　私も見習いたいです」

思わず溜め息が出る。脳裏に浮かぶ十和子の姿がグレードアップした愛花ではなく、和馬の母の愛子の高校時代に重なった。

十和子は大学時代挫折し、両親から見捨てられて、厄介払いされる形で利明と結婚したと聞いている。

彼女もきっと寂しかったのだ。ありのままの自分を愛してくれる人に飢え、利明に差し出されたことで縋り付いたのではないか。心に恋する和馬を抱いたまま。

ふと、和馬は本当に十和子の気持ちに気付いていなかったのだろうかと首を傾げる。十和子は自分の感情を誤魔化《ごまか》せず、何を考えているのかわかりやすいタイプなのに。

「それでは、また明日」

利明がふと目を細めて杏樹を見下ろす

「君と十和子はよく似ているね」

「え、ええっ!? あんな美人と似ていませんよ」

「似ているよ。自分の気持ちが隠せないところがね。そうだろう、桜川君——」

「えっ……」

ぎょっとして利明の視線を追って振り返り闇に目を凝らす。駐車場前の歩道に和馬がビジネスケースを手に佇んでいた。

「か、和馬さん!?」

和馬は懐の中のスマホを掲げて見せた。

「さっきメッセージ送ったんだ。返信はなかったけど、驚かすのもいいかと思って迎えに来た」

「ご、ごめんなさい。スマホが充電できてなくて」

まさか、先ほどの利明との遣り取りも聞いていたのか。

ドキマギしつつ歩み寄ると、和馬は利明の目の前で杏樹の手を取った。

「ちょっ、和馬さん、まだ先生が」

「——ええ、そこだけは似ていますね」

思わず息を呑む。その一言は明らかに利明への答えだったからだ。

「だけど、杏樹と奥さんには正反対なところの方が多い。……僕は腹の探り合いや駆け引きが好きじゃない。でも、どちらもこの業界で生きていく以上避けられない。だからこそ、人生の伴侶となる女性にはありのままにぶつかり合える人がいい」

素直に愛していると打ち明けてくれ、こちらが愛していると打ち明ければ、素直に受け取ってくれる人がいい――和馬は利明を真っ直ぐに見つめてそう告げた。

「なら、十和子が学生時代、君に告白していたらその気持ちを受け入れていたかい？」

「……いいえ。無理でしたね」

利明はふっと唇の端だけで笑った。

「結局、本多さんでなければ駄目だったんだろう？」

「ええ、そうです。僕たちはお互いに運命の人ですから」

運命の人だと和馬の方から断言され、杏樹は思わず頬を染めた。彼との出会いは偶然ではなく運命――ようやく自分もそう思えるようになったからだ。


その夜杏樹はベッドの中で、和馬が関係していたところを省き、利明の告白のすべてを打ち明けた。利明への恐れを胸に秘めたままでいるのは辛かったのだ。

すると、和馬はまず「グランピングでは嘘を吐いてごめん」と謝った。

「奥さんの気持ちには気付いていていたけど、杏樹に疑われたくなかったんだ」

「ううん、それはもういいの」

利明のヤンデレっぷりと和馬の惚気《のろけ》で吹き飛んでしまった。

「確かに、先生には怖いところがあったな」

和馬は杏樹の肩を抱き寄せて苦笑した。

「奥さんも先生の愛情を舐めていたんだろうな」

十和子は和馬を「和馬君」と呼ぶのに、和馬は十和子を「奥さん」、あるいは君としか呼ばない。それが二人の心の距離でもあるのだろう。

「でもね、私、先生がすごく怖かったんだけど、奥さんがちょっとだけ羨ましくもあったの」

何度裏切られようと動じず、揺るぎない愛を惜しみなく注がれる――十和子が受け入れさえすれば、二人とも無上の幸福を得られるだろうに。

あの歪な愛も愛には違いないのだから。

合縁奇縁という諺があったことを思い出す。意味は人と人の気心が合うかどうかは、不思議な縁によるものだと。きっと自分たちも利明夫妻もそうなのだろう。

「羨ましい？　僕の愛じゃ足りない？」

「そういうつもりで言ったんじゃないの。う〜ん、先生は何があっても絶対に奥さんが好きなんだろうなって思って」

「……俺もそのつもりなんだけどね」

一人称が僕から俺に切り替わる。

「か、和馬さん？」

「……思い知らせてやるよ」

「あっ……」

頬にそっと口付けられると、もうそこから蕩けそうになる。

「今夜はライムの香りがするな」

「和馬さんも……」

同じボディソープを使っているので、当然といえば当然なのだが。

だが、ほんの少しだけ違っている。和馬にはコーヒーや、消毒液や、落とし切れなかった整髪料、そんな男の香りが混じっていた。

「いい香りだ……杏樹」

名を呼ばれ口付けられ、唇を割り開かれる。

「……ん」

すぐ間近に濃い影を落としながら、自分だけを映した黒い瞳があった。

首筋に唇を落とされると、カーテン越しの闇が一層濃くなった気がした。

今夜は新調したばかりのパジャマで、ホックボタンで合わせ目が閉じられている。

だから、生地を軽く引かれただけでプツンとたやすく外れてしまった。

最後のボタンを外されるが早いか、合わせ目からふるりと白い乳房がまろび出る。

キャミソールは身につけていなかった。

「下着はどうした？」

「だって……和馬さん、体温が高いんだもの」

説明するのには躊躇《ためら》いがあったが、この黒い目に見つめられると、身も心も暴かれた心境になり、隠し事ができなくなってしまう。

「それに、今夜もこうなる気がしていたし……」

だから、直に身に纏っていたのだ。

「用意がいいな」

「……っ」

淫らな女になったよう気分になり、羞恥心に頬が染まる。

和馬の薄い唇の端がわずかに上がった。

「なら、今夜はより乱れる杏樹を見られるということだな」

「あっ……」

次の瞬間、すでにぷっくり立った薄紅色の乳首の一方を、熱くぬるりとした舌に捕らえられた。出もしない乳を吸い出されたかと錯覚するほど、二度強く吸い上げられ、刺激と快感に思考が弾け飛ぶ。

「ひゃんっ……」

思わず和馬の後頭部の髪を掴み、引き剥がそうとしたのだが、力が入らない上、ぐっと下半身を押え込まれ逃げられない。

「今日はいつもより感じやすくなっているだろう？」

「それは……ちが……あっ……」

もう片側の乳房を鷲掴みにされると、節張った指の先が柔肉に埋まった。

汗をかいているわけでもないのに杏樹の肌はすでにしっとりしている。

和馬に精を注ぎ込まれ続けることで、その体は女らしくより丸みを帯び、潤いを増し、より敏感になっていた。

大きな手の平と指先でやわやわと揉み込まれるごとに、乳房の中の神経にピリピリと電流が走る。

生まれた熱が乳房全体に広がり、喉の奥から途切れ途切れの息が吐き出された。

「あ……ん」

かと思うと、ぎゅうと押し潰され息が詰まる。

同時に左胸の頂に歯を立てられて嬲《なぶ》られ、その軽い痛みを舌を這わせることで慰められ、双方の乳房への異なる刺激に耐え切れずに背を仰け反らせた。

性感帯となった乳房のみならず腹の奥も切なく疼く。

火照りでその一部がトロトロと外へ漏れ出て、淡い黄金色の茂みをしっとりさせた。

「和馬さっ……ど……して、胸ばかり……」

次の瞬間、両の乳首を感触を確かめるように摘まれ、コリコリと弄られ捏ね回され、「んふっ」

と声がくぐもる。

「だ……め……あっ……ああっ」

続いてすっかりかたくなった一対のそれを、ぐぐっと柔らかな肉に埋め込むように押し込まれ、小さい悲鳴を上げてしまった。

ただの愛撫と呼ぶにはあまりに淫らな行為に、大きな目が羞恥と快感の涙で潤み、透明な滴が丸みを帯びた滑らかな頬を零れ落ちる。

絶え間ない刺激ですっかり緩んだ足の間からも、更に蜜が滾々と湧き出て花弁、花芯、蜜口をしとどに濡らしていた。

「……」

和馬が無言で体を起こし、パジャマを脱ぎ捨て、その裸身をあらわにする。

もう何度も抱かれているはずなのに、杏樹は目にするたびに慄いて身を震わせてしまう。

体力作りのためのトレーニングに励んでいるからだろうか。

胸板と腹部は男性らしく筋肉に覆われ、しっかりした腕や長い指はメスを握るのに相応しい。

これからこの肉体に組み敷かれ、蹂躙《じゅうりん》されるのかと思うと恐ろしくなる。だが、大好きな人に支配される歓《よろこ》びがずっと大きいのも確かだった。

再びぐっと伸し掛かられ、脱力してわずかに開いていた足を、力尽くで押し広げられる。

隘路の内壁がその瞬間を求めてひくひくと蠢く。

それでも、足の間に和馬の引き締まった下半身が割り込み、すっかり敏感になったそこに漲《みなぎ》り猛《たけ》る雄肉を押し当てられた時には、生々しい感触と体温に身を捩らせてしまった。

だが、その動きも手首を掴まれ、呆気なく封じられてしまう。

「あっ……あっ……あっ……」

蜜でぬらぬら光る花弁を割り、体内に灼熱の肉塊が押し入ってくる。

「ああっ……」

きつい隘路にその大きく太いすべてが収まり、切っ先が一瞬子宮の口と触れ合うと、内側から貫かれた全身がぶるりと震えた。

「……杏樹」

和馬がシーツに縫い留めていた杏樹の手を放し、仰け反った背に手を回して深く抱き締める。

「あ……」

やっとの思いで吐き出した息をキスで奪われる。

「……ん……ふ」

和馬がわずかに腰を引くと、隘路と肉棒が擦れ合い、ぐちゅりと蜜が濡れた音を立てた。

「あっ……」

今まで繰り返し貫かれたことで、その大きさと形に馴染んだそこは、和馬の分身をすんなり呑み込んでしまっている。

更に杏樹の意志とは無関係にきゅうきゅうと収縮し、和馬の端整な顔を快感に歪ませた。

「……たまらないな」

そのまま軽く腰を揺すぶり、女体の快感の在《あ》り処《か》を探す。

「んんっ……あ……あんっ」

動きが穏やかなだけに、体内でどくんどくんと脈打つ肉棒を感じてしまい、杏樹はそのかたく、熱く、凶暴な感触にまた涙を浮かべて喘いだ。

不意に和馬の腰が押し込まれる。

「んあっ……」

かと思うと今度はずるりと蜜口付近まで引き抜かれ、媚肉を擦られる感覚に咽《むせ》ぶような吐息が漏れ出た。

ぱん、ぱんと緩やかに、だが、弱い箇所を的確に突かれ、頭が次第に熱に侵されていく。

「あっ……。ん……ふ……んあっ」

前触れもなくぐいと最奥を抉られ背を仰け反らせる間に、今度は震える右足を抱え上げられ逞しい肩に乗せられた。

「やんっ……」

担《かつ》がれた足の爪先がピンと伸びた。

同時に肉の凶器の切っ先がより奥深くへ侵入し、子宮への入口をコリコリと掻く。

「……っ」

杏樹は声にならない声を上げ、反射的に手を上げたが、結局何も掴めずパタリと落ち、震える手でシーツを握り締めるしかなかった。

同じタイミングで隘路をみっちり埋めていた肉棒が体積と質量を増す。

「あっ……」

やがて低い呻《うめ》き声《ごえ》がしたかと思うと、最奥に熱い飛沫《しぶき》が叩き付けられるのを感じた。

「あ……あっ……」

交わりの最中ですでに降りていた子宮の入口は、執拗で絶え間ない刺激に緩んでおり、その灼熱の劣情を抵抗なく受け入れてしまう。

内側から焼け焦げ、死んでしまうのではないか——そんな錯覚に囚われ、慄いて身を震わせていたのに、ずるりと肉棒を引き抜かれた時には切ない喘ぎ声を上げてしまった。

どさりと片足が落ちベッドの上で小刻みに痙攣する。

ぱっくりと虚ろになった隘路からは取り込み切れなかった白濁が漏れ出た。

和馬が快感に火照り、汗ばんだ頬を撫でる。

「いつもより乱れていたな」

「……っ」

口を開いたものの、意識が曖昧で何を訴えたいのかが自分でもわからない。

視界も涙で曇っている。息が上がって声が出ない。

一方、杏樹を見下ろす黒い瞳にはまだ、いや、むしろより激しく欲望の炎が燃え盛っていた。

「……その顔、やっぱりエロいな」

言葉とともに白濁でぬかるんだそこに、再びかたさを取り戻した雄の証を押し付けられる。

「あっ……」

「もっと君が乱れるところを見たい」

次の瞬間、一気に突き入れられ衝撃に息を呑んだ。

すでに一度和馬を受け入れていた体は、白濁と蜜が潤滑剤になっていたのもあり、なんの抵抗もなく再度の侵入を許してしまった。

「あ……あっ」

結合箇所からまたごぷりと白濁が漏れ出る。

「……っ」

たまらず涙目で手を伸ばし、逞しい肩に助けを求めて腕を伸ばすと、逆にその手を掴まれ、繋がったままぐいと体ごと抱き上げられてしまった。

「んあっ……」

和馬は杏樹を抱えたままベッドの縁にどかりと腰を下ろした。

「あ……あっ」

その拍子にずんと奥を突かれて身悶える。真下から貫かれているので串刺しにされた気分だった。両の足の爪先が力なく宙を掻き、ぱたりとシーツの上に落ち、自然と和馬の引き締まった腰を挟み込む姿勢になる。

「……ふ……あっ……」

体重で体が和馬の腰の上に沈み、子宮への入口に雄の怒張がめり込む。

まだ奥があったのだと思い知らされ、自分の肉体の底知れなさに怯えて、逞しい背に手を回して縋り付いた。

豊かに実った乳房が厚い胸板に押し潰される。互いの早鐘を打つ心臓の鼓動を感じ取れた。

「……動くぞ」

宣言と同時に腰を掴まれ上下に揺すぶられる。

「あっ……んっ……あ……」

肉の凶器の切っ先でまだ熱い飛沫の残滓《ざんし》を子宮の奥に繰り返し押し込まれる。

小刻みな震えが止まらない。唇は唾液に濡れたまま半開きになっていた。

すでに曖昧になっていた視界に時折ランダムに火花が散る。

不意に腰を持ち上げられ、続けざまにパンと音を立てて落とされると、衝撃にその火花ごと意識が弾け飛んだ。

隘路が反射的にきゅうっと和馬の分身を締め付ける。

「くっ……」

新たな飛沫が注入されるのと同時に、間近にある汗に濡れた端整な顔がわずかに歪んだ。

一方、杏樹はすべての体力を使い果たしたせいか、体から力が抜け、ふっと後ろに倒れそうになった。

その背をすかさず和馬の長い腕がさらい、胸に抱き寄せて力を込める。

「……愛しているよ」

次の一言を杏樹は夢現《ゆめうつつ》の意識で聞いていた。

それでもちゃんと「……私も」と返したのだった。

エピローグ

それから数ヶ月後の春も間近な金曜日の午後。

杏樹はあるものを手に弾む足取りで帰宅した。

「た〜だいま〜♪」

ドアを開けるなり和馬が部屋の奥から飛び出てくる。

杏樹はショルダーバッグの中を探ると、そんな和馬の前に母子手帳を掲げた。

「本日いただいてきました！」

「そうか……僕が父親か……」

妊娠が判明したのは一週間前。妊娠十週目になっていると知らされ、先日有休を取って慌てて取りに行った。

「思ったより早かったわ」

初めから妊娠、出産を希望しており、避妊もしていなかった。

とはいえ、杏樹としてはもう一、二年、二人きりの時間を楽しみたい思いもあった。

しかし、和馬との日々は日常ですら色濃い。また、お互い隠し事もしなくなったので、そろそろ夫婦から親になってもいいかと覚悟を決めたのだ。

「ほら、早く入って。体を冷やしてはいけない」

「もう、心配性なんだから」

まだ、男の子か女の子かはわからない。

どちらに生まれようと、どちらに似ようと、愛する和馬の子どもなのだ。今から三人になる日が待ち遠しくてならなかった。

「かんぱーい！」

早速すでにご馳走の用意されたダイニングに向かい、オレンジジュースで祝杯を挙げる。

メニューはアクアパッツァに、シーフードピザに、シーザーサラダに、杏樹の好物ばかりだった。

「当分お酒は飲めないのが残念。生ものも避けた方がいいよね。ということは、お刺身もかな」

「僕も君が禁酒中は飲まないし、生ものも食べないから」

「ええっ、そこまで気を遣わなくていいよ。お酒、好きでしょう？」

和馬の切れ長の目が愛おしそうに細められる。

「杏樹さんの方がもっとずっと好きだから」

「……もう」

愛し愛される喜びに涙が出そうになった。

そういえばと和馬が言葉を続ける。

「池上先生の奥さんも妊娠中だそうだよ」

「え、ええっ⁉　全然知らなかった！」

「今八ヶ月目だって。安定期が過ぎるまで黙っていたかったそうだ。僕たちの子の一歳上になるな」

「そ、そうなんだ……」

杏樹の脳裏に蜘蛛に食らい尽くされる蝶が浮かぶ。

だが、首を横に振ってそのイメージを振り払い、いよいよ十和子も年貢の納め時かと苦笑した。

「生まれたらお祝いを贈らなくちゃね。先生のお子さんは男の子かな、それとも女の子かな」

歪な愛から生まれる結晶に幸多かれと祈る。

そんな杏樹の心境を知ってか知らずか、和馬は再びグラスを杏樹の前に差し出した。

「その前に、僕たちの新しい家族に乾杯」

二度グラスの縁を重ね合わせる。その硬質の音が杏樹には祝福の鐘の音に聞こえた。

番外編　スパイス

和馬とは結婚以降もよくデートを楽しんでいる。

何せ交際０日婚。夫婦と言うよりは付き合い初めて一年前後のカップルの感覚なのだ。何もかもがまだまだ新鮮だった。

今夜の待ち合わせ場所は夕食を取るスパニッシュレストランの最寄り駅。電車から降りたところで電話がかかってきたのでスマホを取り出す。

「もしもし、和馬さん？　もう駅？」

駅構内のアナウンス、通行人の足音とお喋りをＢＧＭに重低音の声が耳元で響いた。

『ああ、西口のドラマの広告の前で待っているから』

「ああ、あのキスしている広告でしょう」

『そう。あそこ今カップルの待ち合わせに人気なんだ』

他愛ない遣り取りだけでニヤニヤしてしまう。

顔を上げてスマホをポケットに入れると、同じ年頃の若い女性がやはり電話を取り、微笑みながら「うん、わかった」と頷いているのが見えた。

「東口の右端の改札ね。飛んで行くから」

最近気付いたことがある。自分が幸福だと他の誰かの幸福も祈れるようになる。それはとてもふわふわと温かい感情だった。「みんな幸せにな〜れ！」などと呟きつつ待ち合わせ場所へ向かう。

今夜はうんとお洒落をしてきた。シックなフレンチレストランの雰囲気に合わせ、大人っぽい黒のワンピースだ。パンプスのヒールもいつもより高めで、ちょっといい女になった気分だった。

鼻歌を歌いながら待ち合わせ場所に向かう。しばらく歩くと壁一面のドラマの広告が目に入った。

人気女優が主人公のミステリードラマで、やはり今が旬の男優が仕事のパートナーという設定だ。ストーリーでは友だち以上、恋人未満という危うい関係で、広告ではこの二人が並んで立っている。

「ねえ、あの人……」

杏樹の前を歩いていた女性の二人連れが、ふと歩みを遅くし耳打ちをし合う。

「一瞬、広告の一部なのかと思った。かっこいいよね」

初めはてっきりその男優を示しているのかと思った。

「タレント……じゃないよね？」

もしやと彼女たちの視線を追う
和馬がグレーのトレンチコートに身を包み、腕を組んで壁に背を預けていた。手にしたスマホに目を落としている。

広告の女優、男優ともに美形なのだが、負けていないどころか目立っている。確かに、ドラマの世界から抜け出してきたように見えた。

あの素敵な男性が私の旦那様——杏樹は鼻高々になるよりも複雑な思いに駆られた。

和馬が美形だらけのドラマの世界観に生きているのだとすれば、自分はアニメ、それもお子様向けのほのぼのした作品内のタヌキなのではないかと。主人公がよくペットで連れて歩く小動物だ。

はたして和馬と同じ空間内での存在が許されるのか——そんな葛藤をしているうちにまた別の二人の女性が和馬に歩み寄った。

「すいませぇん！　お兄さん、一人ですか？」

「ううっ」

思わず唸る。

学生と思しきミニスカート姿の杏樹よりずっと若い女性だ。まだ二十歳前後、下手をすれば十代でお肌の張りが圧倒的に違う。しかもタヌキな杏樹とは違い、双方が人間の女性として可愛かった。

若さゆえにまだ怖いものなどないのだろう。積極的かつ無邪気に和馬に声を掛ける。

「よかったら私たちと一緒に飲みに行きませんか？　そのあとカラオケも行く予定なんですけどお」

杏樹は息を呑んでその遣り取りを見守る。

「その人は私の旦那様よ！」と主張したいのだが、若さと可愛さに太刀打ちできる気がしなかった。

自分もまだ二十代前半だがさすがに二十歳には敵わない。

年を重ねるとは経験が増えるだけではなく、それにともなって余計な雑念が加わっていくことなのだと実感する。

涼太にアタックした頃は私もあんな感じで純粋だったな……などと過去を振り返っていると、和馬が「済まないね」と苦笑した。

「おじさん、奥さんと待ち合わせをしているんだ」

「えっ、奥さん!?　結婚しているんですかあ!?」

「うん、そう。君たちはいくつだい？」

「私たち、高校一年生でえ……」

なんと、女子大生どころか高校生だった。

「うんと頑張れば僕の娘でもおかしくない年だな。親御さんを心配させちゃいけないよ」

和馬は大人の対応で二人の誘いを断り、ふと曲がり角からジト目で見ていた杏樹に目を向けた。

完璧に存在感を消していたはずなのに。

「杏樹さん！」

手を挙げて名前を呼ばれてしまう。

「お、お待たせ……」

おずおずと和馬に近付いたはいいものの、つい周囲を気にしてしまう。あんな素敵な人にこんなタヌキは釣り合わないと思われてはいないか。

和馬が微笑んで杏樹を見下ろす。

「そのドレス、よく似合っている」

「えっ、本当？」

「ああ、いつもとは違った雰囲気で色っぽい」

先ほどまで和馬との世界の違いに落ち込んでいたのに、「よく似合っている」――たった一言でみるみる元気が湧いてきた。すっかり嬉しくなって腕にじゃれつく。

「ありがとう！　店員のお姉さんに勧めてもらって」

「その人は見る目があるな」

心の中でそう、他の誰になんと思われてもいいのだと頷く。嫉妬する必要もない。やっと一番大切なことを思い出した。和馬一人にモテて、和馬一人に相応しいと思ってもらえれば十分だったのだ。

＊＊＊

杏樹は世界一可愛いと和馬は思う。

自宅で寛《くつろ》ぐ様子も、制服でキビキビ立ち働くのも、華やかなドレス姿もいいが、太陽の下での自然な笑顔一番好きだ。

もちろん、彼女の魅力に気付く男は自分だけではない。本人は自覚していないようだが、杏樹が笑うと皆一瞬目を奪われる。それくらい満面の笑みで素直に笑うのだ。彼女の笑顔を見ると栄養ドリンクを呑むよりも元気が出た。

さて、今日は早朝デートだ。杏樹に付き合って釣りをする予定だった。

杏樹は宿直明けなら無理しなくていいよと心配してくれていたが、自分が一緒にやりたいのだからと押し切った。

ただでさえ少ない休暇なのだ。できるだけ杏樹と一緒にいたい。

また、彼女を一人にしたくはないもうひとつの理由があった。

駐車場に車を止め電話を掛ける。

「もしもし、杏樹さん」

『あっ、ついた？　……って、ごめん！　当たりが来た！　堤防の一番奥！』

「わかった」

電話は三十秒もしないうちに切れてしまった。

竿《さお》やクーラーボックスを下ろして靴を履き替えながら、杏樹はどんな魚を釣ったのかと想像する。

瀬戸内海を目の前に育った杏樹は釣りがうまい。なんと一歳で父、兄と一緒に海に行き、三歳から専用の釣《つ》り竿《ざお》があったと聞く。つまり、キャリアは二十年以上ということになる。

しかし、一見ほんわかとした雰囲気の若く可愛い女性だ。初心者だと勘違いされることが多く、その弊害ももちろんあった。

杏樹がいるはずの堤防奥へと向かう。まだ朝早く薄暗いので心配になって急いだ。

すぐにその姿を見つけ、声を掛けようとしたところで軽く水飛沫が上がる。杏樹が真サバを釣り上げたのだ。

この季節には珍しく三十センチを越えている。さすがベテランレベルの腕前だった。正直、釣りだけはどうあがいても敵わない。

「よおし！」

杏樹は釣り針を外し、あの満面の笑みで片手のガッツポーズを取った。そんな彼女に自分より一足早く来たばかりの、三十前後と思われる男が近付き声を掛ける。

思わず足を踏み出そうとして、男の向こう側にいた杏樹と目が合った。和馬に気付いた杏樹は「大丈夫」と唇だけで告げる。

一方、男は和馬の存在に気付いていないらしい。相変わらずヘラヘラ喋っている。

「ねえ君、初心者にしては上手だね。サビキ釣りだろう？」

「……」

「ビギナーズラックってやつだね。釣りでも結構あるんだよ」

釣り道具は一流品を揃えている。対する杏樹は「手に馴染んだものがいい」とのことで、実家から送ってもらったもの。

その差で優位に立てると判断したのだろう。男は予想通りに教え魔と化した。

「でも、ビギナーズラックで満足しちゃいけないよ。やっぱりこれから先も釣りを続けるにはフォームを直した方がいいと思うんだよね。だからちゃんとした人に教えてもらうといいよ」

そのちゃんとした人が自分だとアピールしたいのだろう。

「俺、まだ時間あるからさあ」

杏樹は一人で釣りに行く際、よくこうした男に絡まれるのだと嘆いていた。

『こっちが若い女だと初心者って決め付けられるの。それだけじゃなくて、知り合いでもないのにタメ口でガンガン話し掛けてきて』

更に、頼んだわけでもないのに何かと指導したがるのだという。そもそも人に教えられるレベルではないこともしばしばで、ひどいと教えるという名目で体に触ろうとするのだとも。その後に一緒に遊びに行こうと誘われることもあるのだとか。

話を聞いただけで頭に血が上ったのを覚えている。それはもはやナンパ兼痴漢ではないかと。

杏樹は「でもね」と言葉を続けた。

『でも、最近やっと撃退する方法を見つけたの！』

男がべらべら喋るのを聞きながら、血色のいい小さな唇の端がわずかに上がる。

「……フォームねえ」

「そうそう、だからさあ」

男が再び口を開く前に、仕掛けの準備を済ませ、数歩退いてさっと竿を振りかぶる。次の瞬間、釣り糸の先端の重りが明け方の空に滑らかな弧を描いた。

男の目が大きく見開かれる。

「えっ」

無駄がなく、美しさすら感じさせる見事なフォームだった。初心者向けの教習ビデオに収録してもいいレベルだ。

男はしばし絶句し、引き攣った笑顔を杏樹に向けた。

「う、うまいねえ。結構長くやっているの？」

「そちらは？」

会話の糸口ができたと張り切ったのか、男は「十五年くらい？」と頭を掻いた。

「君は？」

杏樹は余裕の表情だ。

「見習い期間を含めると二十四年くらい」

「……」

八年もの差を付けられしばし口を噤む。

男はそれでもめげなかった。

「そ、そうなんだ。でも、こういうのって経験が長い、短いじゃなくてセンスだと思うんだよね」

杏樹は満面の笑みを浮かべた。

「はい。私もそう思います！　今日何匹釣りました？」

「……」

男の目が杏樹の背後にあるクーラーボックスに落ちる。

「ご、五匹くらい？」

「へえ、なかなかやりますね」

杏樹は目の前でやはりそこそこの型のカマスを釣り上げた。

「う～ん、さっきよりは小さいかな」

クーラーボックスを開け締めたカマスを入れる。中にはサバ、カマス、アジが所狭しと詰まっていた。

「夫も釣りがうまいんですよ」

「お、夫……？」

杏樹は童顔で、特にすっぴんだと一見二十歳前後に見えるので、まさか既婚者だとは思っていなかったようだ。杏樹の釣りの腕前に気を取られ、左手薬指に気付いていなかったのか。

「ええ、そうなんです。私新婚でラブラブなんですよ～。夫は魚を捌くのがすご～く！　得意なんです。職業柄なんでしょうか？　よく刃物を使うそうですし、血まみれになることも当たり前で」

恐らく刃物とはメスで、血まみれになるとは手術を意味しているのだろう。しかし、杏樹は意識して誤解を招くような表現をしているらしい。今頃ヤクザとでも思われているのではないか。そう思うとつい噴き出しそうになった。

不穏なものを感じたのか男が今度こそ無言になる。やがて舌打ちをしてふいとそっぽを向くと、杏樹が次のアミエビを袋に詰める間にそそくさと退散してしまった。

和馬はなるほど、説明していたとおりだと苦笑する。

『私の方がうまいとわかると大体退散するから』

そして、杏樹ほどの釣りの名人はそういない。だが、「でもね、それでも近付いてくる人もいるの」とも言っていた。

杏樹がもう一匹サバを釣り上げた途端、今度はやはり同じ堤防で釣っていた、四十歳前後の男がにじり寄ってくる。まったく、次から次へと腹が立った。

「姉ちゃん、あんた可愛い顔してうまいなあ。ん？」

「……」

「なあ、聞こえているんだろう？」

今度は一切口を利かない。厄介な人物だと雰囲気で察しているのだろう。

彼女がうんざりしながら語っていたことを思い出す。

『そういう人は無視！　聞こえないふり！　知らないふり！　でも、時々それでも諦めない人がいるから困るんだよね……』

まるで深夜、闇の中の唯一の灯りに群がる羽虫のようだと思う。杏樹のそばにいるとその気持ちはわかりすぎるほどわかる。だが、杏樹は自分だけの灯りでなければならなかった。

「おい、返事くらいし——」

男が杏樹の肩に手を掛ける前に、和馬は笑顔で男の背後に立った。

「ああん？　なんだよ？」

第三の人物の気配を感じ、鼻息荒く振り返った男は、間もなく聳《そび》え立《た》つ和馬に絶句した。同じ男であるだけにすぐに体格差を悟ったらしい。

「あっ、和馬さん！」

杏樹が華やいだ声を上げる。

「私の夫なんです。今日一緒に釣りをする約束で」

「……」

男がたちまち黙る。女、子ども、自分より確実に弱いとみなした相手にしか強く出られないのだろう。

「……男がいるのならさっさと言えよ」

そんな一言を残して釣り道具を手に立ち去ってしまった。

杏樹はその背が見えなくなると、ほっと溜め息を吐いた。

「来てくれてありがとう……」

自分の胸にコツンと額を当てる。

「ちょっと怖かったから」

よしよしと撫でてやると猫のように甘えてくる。

杏樹がこうして遠慮なく甘えられる男はこの世で自分だけだ。そう思うと愛おしさが胸に溢れ、先ほどまでの苛立ちや嫉妬心が収まった。

「どうする？　疲れたならどこかに朝食でも食べにいこうか」

「ううん、久しぶりのデートなんだもん。一緒に釣ろうよ」

「うん、それでこそ杏樹さん」

何気ない日常の遣り取りが心から愛おしい。そんな暮らしの中では嫉妬心もスパイスに過ぎないのだった。

あとがき

はじめまして、あるいはこんにちは。東万里央です。

このたびは「交際0日婚の御曹司ドクターは、私のことが好きすぎます！　お見合いで運命の人に出会いました」をお手に取っていただき、まことにありがとうございます。

今回婚活もテーマのひとつであれこれ調べてみたのですが、やはり結婚という人生の一大イベントに関わるからか、悲喜こもごも。

中にはとんでもないお見合い相手も存在しており、その辺をネタに想像力を逞しくしまくって執筆いたしました。ヤバい条件の欲張りセット、ママンと佐藤君はいかがでしたでしょうか（笑）。

で、他に取材をして面白いと感じたのが、婚活経験者の中で何割かあったケース。

婚活で結婚相談所に行ったり、マッチングアプリをしたりしたけれどうまく行かない。疲れて諦めた頃になって、

「取引先の新担当の人と意気投合して交際することになった」

「地元に帰ったら元彼がまだ独身で、お互いいい年だしと結婚前提で復縁することになった」

「長年付き合いのあった男友だちに婚活していたと打ち明けたら、〝友人関係を壊したくなかったけど、それくらいなら俺が……〟と告白されてその後結婚した」

――などとチャンスが転がり込む。

「求めよ、さらば与えられん」は正しかった。さすが聖書のお言葉や！　と感動しました。

最後に担当編集者様。いつも適切なアドバイスをありがとうございます。おかげさまでなんとか仕上げることができました。

表紙を描いてくださったカトーナオ先生。素敵な大人なヒーローと可愛いヒロインをありがとうございます。

また、デザイナー様、校正様他、この作品を出版するにあたり、お世話になったすべての皆様に御礼申し上げます。

もう毎年のことなのですが、夏まではなんとか○キロ痩せたいと思いつつ……。それでは、またいつかどこかでお会いできますように！

東　万里央

ルネッタⓁブックス

交際0日婚の御曹司ドクターは、私のことが好きすぎます!
お見合いで運命の人に出会いました

2023年6月25日　第1刷発行　定価はカバーに表示してあります

著　者　東 万里央　©MARIO AZUMA 2023
発行人　鈴木幸辰
発行所　株式会社ハーパーコリンズ・ジャパン
東京都千代田区大手町 1-5-1
03-6269-2883（営業部）
0570-008091（読者サービス係）

印刷・製本　中央精版印刷株式会社

ISBN978-4-596-77444-6